Trans+

Trans+

Trans+

Trans+

Silent Macabre

SM 8

世界橫麥卡托投影地圖的獨白

独白するユニバーサル横メルカトル

作 者：平山夢明
譯 者：高詹燦
責任編輯：江怡瑩
美術編輯：蔡怡欣
法律顧問 ：全理法律事務所董安丹律師
出版：小異出版
台北市105南京東路四段25號11樓
TEL：(02)87123898 FAX：(02)87123897
e-mail:locus@locuspublishing.com
www.locuspublishing.com
發行：大塊文化出版股份有限公司
台北市105南京東路四段25號11樓
讀者服務專線：0800-006689
TEL：(02) 87123898 FAX：(02)87123897
郵撥帳號：18955675
戶名：大塊文化出版股份有限公司

總經銷：大和書報圖書股份有限公司
地址：台北縣五股工業區五工五路2號
TEL：(02) 89902588 FAX：(02) 22901658
初版一刷：2009年8月
定價：新台幣260元
ISBN：978-986-84569-6-9

世界橫麥卡托投影地圖獨白

独白するユニバーサル横メルカトル

Yumeaki Hirayama
平山夢明

高詹燦 譯

独白する
ユニバーサル
横メルカトル

目次

總導讀

人性的瘋狂・恐怖的全才

【推理小說創作者】寵物先生

很久沒見過像平山夢明一樣，執著在單一寫作領域，卻又如此「全才」的作家了。

身爲推理小說迷，與平山夢明的第一次接觸自然是那本《世界橫麥卡托投影地圖的獨白》。不僅同名短篇得到二〇〇六年推理作家協會獎，整部作品集也高居當年「這本推理小說眞厲害！」排行榜首位，再加上有夠長的書名，自然吸引了我的目光（即使它不是推理，而是恐怖小說）。

透過編輯的介紹，有幸得以接觸《世界橫麥卡托投影地圖的獨白》，讀完後很是喜歡，儘管如此，我仍然無法體會印在該書書腰帶上，柳下毅一郎先生的評語：「他是神、神」如此強烈的感覺。直到我讀完接下來的幾部短篇集《導彈人》與《他人事》之後，才能很明確地對別人說：

「若要在日本的恐怖小說作家當中推薦一個，我會選擇平山夢明。」

這並不是指平山的小說「眞的很恐怖」。我對他的憧憬，是因爲他是我閱讀過的作家當中，在「恐怖」這個類型上守備範圍最廣的人。

先來談談平山的經歷。在我對這位作家產生好感，進而上網以他的名字做關鍵字搜尋之後，發現一件令我震驚的事：原來我早就接觸過他的作品了。二〇〇四年的一部日片〈超商怪談〉（港譯：〈買鬼回家〉，當時只覺得那是一部低成本、劇情簡單的恐怖電影），其原作就是平山夢明，更不用說當我知道平山本人還有客串戲裡的新聞播報員一角時，會有多驚訝了。

於是我又找了同樣是他原著的港版〈東京超恐怖傳說〉來看。雖然這部片平山本人沒有出演，不過幕後有一段他與導演出席發表會的片段，於是我終於看到他本人平時的樣子。是一位很有朝氣的四十多歲大叔。

其中〈超商怪談〉取自他編修的《「超」恐怖故事》系列，〈東京超恐怖傳說〉則來自他執筆的《東京傳說》系列。前者平山從一九九三年便加入編輯陣容，此後不斷編寫、發表許多彙集怪談實錄與都市傳說的故事集。

隔年（一九九四）他發表了以著名連續殺人犯爲題材的紀實作品《異常快樂殺人》。不過他的「小說創作」，則要到一九九六年的《SINKER——沉沒之物》才揭開序幕，此後他偶有長篇出版，但大都以短篇爲主，其中最大宗的發表平台，便是小說家井上雅彥所監修的「異形蒐集系列」恐怖小說合集。該套合集的執筆陣容非常龐大，網羅了不少大師、中堅作家與新秀，是水準頗高的恐怖精選。前面提過的《世界橫麥卡托投影地圖的獨白》與《導彈人》裡面，有許多短篇都是先刊在該系列合集上，再獨立出版的。

平山在寫作之外的經歷也相當豐富。他除了拍過電影，有時會用另一個筆名「Delmonte

平山」撰寫電影的評論與介紹文，還做過廣告企劃、採訪，甚至便利商店店長等工作。

正因爲這些形形色色的資歷，使得他雖然只埋首於恐怖小說，作品卻如同萬花筒般，呈現出許多不同的面相。

這些面相有多少？首先，我們可以看到他延續對變態殺人犯的研究，勾勒出「異常心理」，利用逐漸扭曲的氛圍將人心導向殘忍與瘋狂；又我們可以看到他在小說裡，大量製造死亡、糞尿、性、人肉食材、亂倫等令人不快的產物，企圖引導讀者至某種「極限狀態」。有時，他的作品承繼歐美的驚奇小說，在頗爲日常（平凡到想睡著）的氛圍下，在最後一行投以（讓讀者頓時清醒的）黑色幽默；有時卻又反其道而行，在故事一開始就命令筆下的「怪物」對人們施行殘暴的鬼畜凌虐。讓你前面會心一笑，後面卻又噁心想吐。

他喜歡利用善與惡的對峙，或是惡對善的壓迫讓讀者喘不過氣；他也會像筒井康隆、星新一等大師般，添加一些科幻、奇幻，或是與現實狀況不符的荒謬設定（但仔細想想，那些設定其實有可能成眞），來「弄亂」世界、崩潰人心。

就如同推理小說有分本格派、社會派、冷硬派、懸疑、犯罪，或是警察小說等類型，恐怖小說也有多種呈現「恐怖」的方式（只是鮮少有人去分類）。上述的這些面向（異常心理、黑色幽默、鬼畜凌虐、科幻驚悚，當然，還得加上原本就擅長的怪談實錄與都市傳說），將平山筆下的世界分割成一塊塊差異甚大的個體，儘管每一小塊都貼上「恐怖」的標籤，卻或輕、或重、或濃、或淡，且色彩不一。

在「恐怖」的領域裡，平山夢明的確是「全才」。

日本推理小說界有一位喜歡多方嘗試的「百變寫手」東野圭吾，早期他的風格偏向精緻、小巧的寫實解謎推理，後期則鑽研不同的社會題材，挖掘人性的黑暗面，也有針對推理衍生的幽默諷刺小說，幾乎是什麼都寫。連他自己也說過，沒有他「不感興趣」的題材，只有「還不熟悉」的題材。

就「全才」這點來看，平山與東野或有類似之處。當然不同的是，平山的創作生涯並沒有東野圭吾那麼長，但由於他的主力都放在短篇作品，因此故事的格局雖然不大，多量生產的結果，卻讓他得以在「恐怖」的各個角落均有所發揮。並且能將各種類型的特點描寫得淋漓盡致，延伸到極端。

這「延伸到極端」如果是黑色幽默或科幻驚悚的話還好，若是異常心理或是鬼畜凌虐的話就……換句話說，在閱讀平山如此豐沛的短篇集之前，是需要有所準備的。這不只是一般「好，我要讀恐怖小說了」的那種準備，而是「在溫和易入口的前菜之後，竟是嗆辣到不行的主菜」類似面對如此差異的心理準備啊。

那麼讀者們，你「準備好」了嗎？請繼續翻閱本書，等在你眼前的，將會是平山夢明多采多姿的恐怖世界喔。

推薦序

澄澈的惡、污濁的善

【恐怖推理作家】既晴

去年，當我收到出版社寄來平山夢明《他人事》（二〇〇七）譯稿時，我不僅爲這位日本近年崛起的恐怖小說怪才的作品，終於得以在台問世感到十分高興，私底下我更想像著，平山另一部更精采的得獎力作《世界橫麥卡托投影地圖的獨白》（二〇〇六），未來也必有與讀者見面的一天。

在《他人事》的中譯本出版後，我曾經聽到不少關於這部作品的兩極化評價。有人認爲讀過《他人事》寫出了人間最恐怖、最深沉的絕望感；也有人認爲此作只會賣弄廉價、裸露的殘虐，實質上一無可取。

目前在台灣，即使是以大眾文學的範圍來看，恐怖小說還未達到與其他類型小說同樣被認可、被重視的地位。也許是長年來保守、限制的出版與創作風氣所影響，恐怖小說眞正得到比較適切的待遇，應該是在媒體解禁、國外恐怖電影傑作大舉輸入之後的事情了。在此之前，除了幾位無法迴避的殿堂級大師，例如艾德格．愛倫．坡（Edgar Allan Poe）或史蒂芬．金（Stephen King）外，台灣對恐怖小說的瞭解其實非常有限。

在學習對象稀少、閉門造車的狀態下，台灣的恐怖小說創作，不僅作者的取材範圍、表現技巧較爲單調貧乏；另一方面，外國譯作的引介非常遲緩、不足，令讀者易於墜入「缺乏好的恐怖小說」的主觀感受中。

正如同推理小說早已從傳統的解謎派延伸出冷硬派、警察小說、犯罪小說等各種支流，殺人詭計與猜測眞兇已不再是推理小說裡唯一的書寫路線，對發展成熟、完備的現代恐怖小說而言，「如何引起讀者更恐怖、更戰慄的震撼感」，也並非恐怖小說一味追求的絕對目標，我們反而更常在現代的恐怖小說中看到，作家們不斷設法運用各種技巧來描寫、刻畫「人類在面對恐懼事物時的極端反應」，並進一步利用故事裡所營造出來的特異情緒，與讀者的現實生活、心理狀態產生聯繫。

於是，故事舞台是眞實社會或架空世界、登場人物是幽靈或連續殺人魔，其實是根植於作家們的創作選擇，以及他們潛藏在字裡行間的創作企圖。至於讀者是否眞的獲得恐怖的刺激感受，固然仍是作家的書寫重點，但更多的比重則應是取決於讀者過去的閱讀經驗與心理預期。

若以此種角度來觀察平山夢明的《他人事》，我們不難發現平山運用了簡潔明快、輕薄短小的文字描述，以及多樣化的故事設定，期使其戲劇效果在手機小說的平台上得到有力發揮；再加上讀者年齡層較爲年輕，多採取漫畫或影像式表現也爲一大特徵。

相對的，儘管都是屬於短篇集，這部《世界橫麥卡托投影地圖的獨白》的表現手法，則與《他人事》截然不同。雖然平山維持了一貫的多樣化取材設定，但因爲其中絕大部分的作品都曾經收錄於以「恐怖怪奇」爲主題的企劃型文庫本，不僅篇幅較長、布局鋪陳也較細膩，更充分地展露了他獨有的表現技巧。

更重要的是，對平山夢明而言，《世界橫麥卡托投影地圖的獨白》也是使他從一位接受出版企劃約稿的尋常作家，一躍成爲日本當紅作家的關鍵里程碑。因此，在剖析平山此作的特色之前，先讓我們回顧當年此作集結出版的時刻。

當時的日本推理文壇，尚且瀰漫在「嫌疑犯X本格論戰」落幕不久、仍然餘波盪漾的意見分歧氣氛中。所謂的「嫌疑犯X本格論戰」，起因是東野圭吾的《嫌疑犯X的獻身》（二〇〇五）。它在發表之後，立即席捲了整個日本文壇，戰無不勝、攻無不克，除一舉囊括當年年度推理票選三大排行榜——寶島社「這本推理小說眞厲害」、原書房「年度十大本格推理」、文藝春秋「週刊文春年度十大推理」首位，其後更榮獲第一百三十四屆直木獎與第六屆本格推理大獎的肯定，光芒盡露，是當時推理小說的最大贏家。

然而，另一位專精本格推理創作的作家二階堂黎人，卻在其個人網站「黑犬黑貓館」中，提出「即使此作是有趣的小說，也是優秀的推理小說，但並非本格推理」的論點，甚至還認爲東野「沒有將事實的眞相寫在結局裡」。

很快地，從推理作家我孫子武丸、笠井潔、評論家巽昌章等人爲導火線，日本推理文壇多位知名人士、推理小說研究團體紛紛加入（或是被捲入）這場「到底什麼是本格推理小說？」的定義論戰，從網路上延燒到雜誌去，久久未能平息。

就在本格推理的定義已經爭得面紅耳赤之際，二〇〇六年的「這本推理小說眞厲害」跌破眾人眼鏡，平山夢明的恐怖小說《世界橫麥卡托投影地圖的獨白》居然大爆冷門，以些微票數領先佐佐木讓的警察小說《制服搜查》（二〇〇六）與道尾秀介的本格推理《影子》（二〇〇六），獲得當年年度冠軍。但，當年的其他兩個排行榜，別說名列前茅，甚至連這部作品的影子都沒看到。

無論從格式或訴求來看，這部作品都很難被視爲經驗認知上的推理小說，遑論擊敗群雄奪下「這本推理小說眞厲害」的首位。尤其與《嫌疑犯X的獻身》的「純愛動機」、「本格詭計」的訴求有著極爲巨大的反差，恐怕連「到底什麼是推理小說？」都會被提出來重新檢討了。

平山夢明曾在寶島社的訪談中表示，他從未想過自己的恐怖小說會是票選冠軍，沒有解謎要素、也沒有抓兇手的故事，連自己都不覺得算是推理小說。

然而，其實一切能夠刺激讀者「求知好奇心」的故事，充滿「爲何會有這樣的事？」、「接下來究竟會怎樣？」的元素，只要有令人不斷追讀的離奇布局，並且給予充滿說服力的結尾，從評論者的角度來看，即可歸類爲廣義的推理小說。

因此，也許我們可以從這樣的角度出發，來品味本作中的各個短篇。

〈尼古丁與少年〉，原收錄於妖怪大師水木茂編纂的《妖奇之宴三——御伽草子》（二〇〇一）。所謂的「御伽草子」，是流傳於室町時代（一三三六年至一五七三年）的短篇故事泛稱。這些故事描寫傳統的日本風土人情，富含民間情趣，包括〈一寸法師〉、〈浦島太郎〉等知名故事。

既然運用了《御伽草子》的概念，〈尼古丁與少年〉的舞台，自然就是現代的日本社會。平山的恐怖小說，靈感取材大都來自當下的現實環境，以特殊的切入角度來凸顯社會的扭曲、異常面貌。我們曾在〈雷薩雷很可怕〉見識了平山夢明筆下的「校園霸凌」，而在〈尼古丁與少年〉中，則可以讀到範圍更廣泛的「集團暴力」。

集團暴力，可以說是一種對「非我族類」的欺壓。一個受到倫理道德或社會規範所箝制的封閉群體，爲求紓解人際關係的壓力與積怨，尋求缺乏反抗能力的特定分子，從排擠、欺凌這個對象的惡意行爲，來取得個人優越感與集體的認同感。

幾年前，日本曾經流行過「格差」一詞，意指社會不同階層無可跨越、交流的鴻溝，這將固化社會階級，進而擴大社會衝突，對社會的長遠發展極爲不利。以貧富差距、城鄉差距爲其根本原因，位居上層的社會精英，不斷設法鞏固、維繫自身的既得利益，衍生出「情報格差」（只有特定階層才能獲得重要資訊）、「教育格差」（不同階層所能享有的教育資源天差地遠）等社會現象。而〈尼古丁與少年〉所描述的，正是一個鎮民歧視遊民、讀完以後令人不寒而慄的「道德格差」社會。

正如同推理小說作家一定會挑戰「密室謀殺」一樣，對恐怖小說作家來說，一定會挑戰的經典題材則應屬「食人」，而〈Ω的聖餐〉正是平山挑戰這個主題的作品——以黑社會「處理屍體」爲主軸，通篇洋溢平山特有的個人風格：冷澈、怪奇、超現實感，以及潛藏在主人翁心理底層的悲劇性。

本作原收錄於井上雅彥所編纂的《異形蒐集十四——世紀末馬戲團》（二〇〇〇），這也是平山首次被編入「異形蒐集」書系的紀念性作品，從此成爲此一系列的固定作家。

在平山出道初時，受邀撰寫企劃型書系《「超」恐怖故事》，只要能引起讀者不快，腥羶不忌，他什麼都寫，這段期間，他也掌握到了迅速勾引讀者好奇心的寫作技巧。一九九四年，他發表《異常快樂殺人》，這是一本犯罪實錄，介紹二十世紀出現於美國、犯罪行徑駭人聽聞的連續殺人魔共七名，獲得相當注目，其後在九六年發表長篇恐怖小說《Sinker——沉沒之物》，正式以小說家的身分出道。

《Sinker——沉沒之物》援用了湯瑪斯·哈里斯（Thomas Harris）《沉默的羔羊》（The Silence of the Lambs，一九八八）的故事架構，以殘虐的連續殺人事件爲主題，再加上超能力辦案的特殊元素，獲得了不錯的評價，也引起井上雅彥的注意。據平山說，由於井上雅彥的編輯目光銳利，寫出來的東西水準不夠絕對無法刊登，所以他在創作時非常緊張，然而，如果能獲得採用，就表示自己也擁有「撰寫這種類型小說的才能」。

由於在「異形蒐集」裡也有許多成名作家，平山認爲這是努力變得更突出、建立自己的最佳舞台。就這樣，平山在「異形蒐集」定期發表短篇作品，最後才集結成爲本書。

〈無邪的祈禱〉發表於《問題小說》一九九九年三月號，以「兒童虐待」爲主題。讀者若還記得〈支解吾兒〉與〈老媽與齒輪〉兩作，不難想像「家庭」是平山最鍾愛的取材對象。在這篇作品中，平山不僅結合他所擅長的連續殺人魔描寫，還融入了觀點特殊的「斯德哥爾摩症候群」，使作品更增添了某種無法言喻、混合了殘酷與純愛的複雜詩意。

〈操作制約的肖像〉收錄於《異形蒐集三十四——藝術偏愛》（二〇〇五），描述了一個人類價值觀於現代大相逕庭的未來世界。將未來世界設想爲極權政府再度興起，並利用更超乎想像的科技，對人民進行新的思想控制，是科幻小說裡的典型主題。

平山筆下的人物，往往具備某種社會邊緣性格，除了日常行爲的光怪陸離以外，更重要的是這些角色的心理素質，與社會大眾總是格格不入，但他們內心中強烈的情感，較諸慘澹平板的眾人則顯得更鮮烈深刻。從本作中，我們得以見識到平山對「墮術者」的刻畫功力。

平山的犯罪驚悚作品，深受《沉默的羔羊》影響，在發表於《異形蒐集十七——機器人之夜》（二〇〇〇）的〈蛋男〉，又可見到一例。本作中蛋男與卡蓮的互動，令人聯想起「食人魔」萊克特博士與克蕾瑞思．史達琳的關係。不過，加入了科幻背景，以及「蛋男」自傲的冷血陳述，讓這個人物關係單純的故事出現了讓人驚奇的演出。

在日本的書店裡，旅遊類書裡有一個特別的書櫃，放的是前往非洲大陸、亞洲南部開發落後國家的「闇黑之旅」。這種令人頭皮發麻、步步驚魂的另類旅遊體驗，只是爲了滿足讀者的嗜奇心態，眞實性究竟有多高，恐怕也無法評估。雖然，這類遊記讓一般人敬而遠之，但卻是〈不該來的熱帶〉取材的豐富資源。發表於《小說寶石》二〇〇三年六月號的本作，是一場蠻荒世界的危險旅程。然而，儘管是血肉橫飛、儘管是殘暴無道，作品中仍不時天外飛來一筆平山獨特的黑色幽默，所謂的關天人命，彷彿也眞的不太重要了。

〈世界橫麥卡托投影地圖的獨白〉發表於《異形蒐集三十二——魔地圖》（二〇〇五），是一篇將地圖擬人化的犯罪小說。也正是這部作品，讓平山踏出晉升一線作家的第一步。

二〇〇六年五月，日本推理作家協會將年度短篇小說獎頒給這篇作品，故事主角是「連續殺人魔隨身攜帶的地圖集」——擬人化的地圖，以宛如豪宅管家般謙遜的敘事語氣，娓娓道來長期擔任殺人魔共犯的經緯，其口吻彷彿它才是主導犯罪的眞正主角。

本作帶有濃厚的幻想色彩，是一篇切入角度非常詭異的犯罪小說。同時，這也象徵了日本推理小說的定義疆域不斷地在擴張、演化，未來將會出現更多前衛、實驗的特殊作品，而不再只固守於解謎、警察小說的傳統範圍。

最末篇〈臉像怪物的女子，與頭像時鐘融化的男子〉收錄於《異形蒐集十九——夢魔》（二〇〇一），絕對是平山式殘虐表現的極致發揮。故事舞台同樣是近未來的虛構世界，存在著一座專事拷問酷刑的實驗室。主角是冷漠寡言的劊子手，在他面無表情地使用各種工具對人行刑的同時，他的夢境中卻打造了一個潔淨、美麗的湖畔小木屋，是屬於自己的理想國。無論手上沾染多少受刑人的鮮血，他只要進入那個夢鄉，就可以得到淨化。

一日，有位外貌殘破不堪的謎樣女子前來，自暴自棄地要求受刑。於是，他們便開始了一連串虐待與受虐的對決。施虐者的下手愈加狠毒，受虐者則妄想在刑罰中找尋「浪漫」。這段過程戰慄非常，令人難以卒讀，但隨著愈來愈血腥的劇情推展，結局中衝撞出了最深沉的悲哀。

在日本推理文壇陷入「何謂本格推理小說？」的定義論戰僵局時，《世界橫麥卡托投影地圖的獨白》的出現，不啻給了推理迷們一個另類的思考角度。如此一部極端、異色的作品，也許足令我們重新思索：無論表現手法如何怪誕獵奇、挑戰道德極限，「人」終究是小說裡最重要的謎團。

尼古丁與少年——乞丐與老太婆

$C_{10}H_{14}N_2$（ニコチン）と少年——乞食と老婆

太郎家住城郊。父親是一位社長，母親終日笑臉迎人。太郎有個下個月便滿兩歲的弟弟，講話還是沒人聽得懂，所以太郎也不清楚該說他是「弟弟」，還是「媽媽鍾愛的玩偶」。

太郎從小就是個懂得大聲向人問好的孩子。因此，他在鎮上遇見的人們，大都也很喜歡太郎，而太郎也很喜歡鎮上的人們。

「早安！麵包店的大叔。」

「早啊，今天天氣眞好呢。」

「早安！警察先生。」

「早啊，路上小心哦。」

大致就像這樣。

太郎在學校也是個認眞念書的孩子，不像其他同學那樣調皮搗蛋，將鉛筆削到短得無法握好，或是望著窗邊水槽裡的金魚出神。

然而，這天太郎一如平時，在操場裡玩球時，突然冷不防被人撞飛。太郎重重撞向地面，痛得他眼前爲之一黑，但他旋即站起身。這時，眼前站著一名從未見過的少年。

「你少在這裡礙事。」少年瞪視著太郎。「這裡是我的地盤。」

太郎聞言後大吃一驚。因爲只要是學生，誰都可以在操場玩，而且只要不是禁止進入的場所，不管在哪裡玩，都不會挨罵。至少向來都是如此。

「這裡是你的地盤？」太郎望著和他一樣一臉詫異、呆立原地的朋友們，向少年如此問道。

「那當然。我說了就算。」

少年掄起拳頭，作勢欲打。

太郎的一位朋友見狀，大聲尖叫。當少年因這聲尖叫而分神時，太郎迅速逃離了現場。

「好可怕。那個少年到底是什麼人啊？」

回家的路上，太郎向平日一同回家的朋友詢問。朋友流露困擾的神色應道：「他好像是市長情婦的孩子。」

太郎不懂「情婦」是什麼意思，但是看朋友用這個名詞，講得很自然，所以他也應了一聲「哦～」，假裝聽懂了。

太郎在進家門時，腦中突然閃過一個念頭──爲何不把那名少年蠻橫的行徑告訴老師呢？不過，他還是不自覺地朗聲高喊：「我回來了！」走進家中。

「今天有個人被我炒魷魚。」父親在晚餐時又談起這件事。

「這樣啊。」母親將抹滿奶油的蛋奶酥擱在桌上，如此應道。

「今天這位可是個大角色呢。粗估可省下一千萬圓的薪水。」

「那可眞不少呢。」

「這世上有人爲了一千萬圓，連命都可以不要。我就是希望錢能用在這種人身上。」

「眞是的。我就不懂這種事。」

「妳們沒必要懂。女人就是要無知才有價値。」

「是是是。多吃點蛋奶酥吧。」

太郎望著父親那對上翹的八字鬍。

「爸，」太郎開口，想說今天他在學校的遭遇。他想請父親針對那名少年蠻橫的行徑評理，他心裡覺得很不合理，希望父親也能認同。「我告訴你哦……」

將蛋奶酥湊向唇邊的父親，因爲這聲叫喚，而轉動他那碩大的腦袋，面向太郎。

接著不知道是怎麼回事，太郎竟脫口說出意想不到的話語，令他驚訝莫名。

「那個人以後怎麼辦？」

父親一時驚訝地往後仰身，雙眼望著天花板，接著又將視線移回太郎身上。「不知道。」

「失去工作後，會不會很困擾？」

「應該是很困擾。因爲還有家人要養。」

太郎望著父親愈來愈可怕的眼神，那表示他不能再繼續問下去了。太郎就此低頭不語，拿起杯裡的湯匙，無聊地攪動著蛋奶酥。

「太郎，被炒魷魚的人，自然有其原因。這世界就是這樣。受傷有受傷的原因。惹人厭有惹人厭的原因。死也有死的原因。每件事都各自背負著合理的原因。」

母親從背後悄悄走近，收走太郎仍留有餘溫的蛋奶酥杯子。在這個動作的暗示下，太郎悄聲說了句「我吃飽了」，便走出餐廳。

「妳最近沒讓他看什麼奇怪的電視節目吧？」

在他關上門時，傳來父親的聲音。

他看到那名全身髒兮兮的人，是隔天的事。

太郎再次被少年欺負。沒錯，這次可不是只有撞人這麼簡單。少年和昨天一樣，不，應該說是更用力地撞向太郎背後，見太郎倒地，還用帆布鞋朝他肚子踢了一腳。

接著，他清楚地告訴太郎「以後我每天都要讓你哭」，還向太郎的朋友宣布：「誰和他走得近，就視爲同罪。」

就這樣，太郎回家時是獨自一人。平時總和他同行的朋友，趁太郎去洗手時，早一步離開教室。

太郎背著書包，背後和腹部都隱隱作痛，因爲忿忿不平，他兩度忘了和鎮上的人們打招呼。

他猛然回神，發現自己就站在自家對面的湖畔邊。那是平時嚴禁鎮上孩童靠近的地方。未經修整的雜草叢生，與太郎平時遊玩的草地迥然不同，而且有許多會引人過敏的雜草。

鎮上人們之所以對此地如此避諱，是因爲幾年前曾在這裡發現兩名孩童的屍體。所幸孩童的父母並非名人，只是很平凡的上班族，所以並未引發軒然大波。聽說當時湖面散發著「奇怪的惡臭」，衛生局的人接獲民眾抱怨前來查看後，發現孩童縮成一團的腐爛屍體，融化的模樣有如軟糖，嚇得當場腿軟。

最後始終沒查出犯人，兩名孩童白白犧牲，他們只是普通人家的孩子，所以警方也沒全力查辦。

太郎甚至忘了自己爲何會來到這個地方，只是一味地望著眼前這片散發惡臭的黝黑湖面。

這時，太郎突然聽見某個聲音。他轉頭一看，發現岸邊架著一頂塑膠布做成的簡陋帳篷。聲音好像是從裡頭傳來。

太郎握緊拳頭，朝帳篷走近，往內窺探。

有人躺在昏暗的帳篷內，聲音便是此人所發出。

「你……你不要緊吧？」

太郎站在帳篷入口處，反覆問道。直到問了第三次，對方才「嗯」地回了一聲，坐起身來。

是名個頭嬌小的老先生。

「我肚子好餓……」老先生以沙啞的聲音說道。

太郎想起書包的袋子裡有牛奶糖，他連同盒子一起丟給那位老先生。

牛奶糖丟進凹凸不平的帳篷裡，被老先生一把抓起塞進嘴裡，轉眼便吃個精光。

「因爲我有糖尿病……」老先生吃完牛奶糖後，吁了口氣，望著臉上浮現靦腆笑意的太郎，招手要他走進帳篷內。「一旦沒有甜食，便無法動彈。」

太郎脫下鞋子，坐在那名嬌小的老先生身旁。他那把泛黃變色的白鬍鬚，長度及胸，衣服因污垢和塵埃而變硬，泛著油光，十足的髒老頭模樣。

「謝謝你。」老先生低頭鞠躬。「我該怎麼答謝你好呢……」
「你不用向我道謝。」太郎道。
老先生微微頷首，從一個放在角落的小盒子裡取出某個東西。
「這個送給你。」
老先生拿起某個晶亮之物，放在太郎的掌心中。
是隻玻璃製的小鹿，造型非常小巧。
「你不是女生，可能會看不上眼。但很不巧，我現在手上只有這個。」
太郎向他低頭行了一禮，穿上鞋子。
「有空再來玩。」耳邊傳來老先生的聲音。

回家後，太郎吃著晚餐，腦中思索許多事。那名動用暴力的少年、避不見面的朋友，以及那名湖邊的老人。然而父親工作繁忙，母親肯定也不喜歡他談這些事，壞了晚餐的氣氛。雖然太郎也不是很清楚，但他有這種感覺，於是他決定將這些念頭連同食物一起吞進肚子裡。
用餐完畢，回到房間後，又大又紅的月亮已經露臉。
太郎湊向窗邊凝望明月，接著望向底下寬廣的湖面。對了，應該看得到那位老先生的帳篷。太郎感覺就像突然發現自己的遺失物一樣開心，定睛凝望湖岸。不久，他看到老先生架設的帳篷，而且一旁的湖岸邊還站著個人。

太郎取出去年的聖誕節禮物——雙筒望遠鏡，熄去房間的燈光，回到窗邊。將望遠鏡對準老先生的帳篷附近。操作雙筒望遠鏡的放大倍率後，帳篷馬上清楚呈現面前。也許是風吹的緣故，帳篷上方不斷搖曳，可以看見帳篷內發出朦朧的亮光。

太郎過去也曾見過散發這種朦朧亮光的物體。太郎家以前是一座曾經發生過命案的大宅，至今仍有好幾個「禁止進入的房間」。在太郎還沒上小學前，便曾見過位於走廊角落的房間陡然冒出亮光，然後從玄關繞過樓梯，消失在天花板一帶。和老先生帳篷裡出現的亮光一模一樣。

太郎移動雙筒望遠鏡，清楚映照出站在岸邊的人影，是那位老先生。老先生坐在岸邊。令人驚訝的是，他沒穿那件有股魷魚乾臭味的髒衣服，就這樣赤身露體地坐著。地上放著一個像是安全帽的東西，老先生以它撈取湖水。可以看到他那滿是傷痕的瘦弱背影。他的臉部膚色黝黑，但背膀和手臂卻相當白皙。這令太郎聯想到電視上看過的鰻魚肚。老先生一再撈起湖水往身上淋，並不時吐出流進嘴裡的水，飛沫在他面前飛散。看起來像是在洗澡，卻又不見肥皀泡沫，就只是以他沾濕的手往全身不斷搓揉。

老先生的身體略嫌清瘦，但側腹和手臂卻長了不少肉，只是看起來很不中用。老先生每天光是移動他那嬌小的肉體，便已竭盡全力。他的身體看不出能對社會和人們有何貢獻，宛如被使用殆盡後所遺留的殘渣。

太郎望著老先生那悲慘的身軀，不禁悲從中來。他心中暗忖，要是日後我的身體成了這副模樣，我應該會一死了之。他同時也感到納悶，爲什麼老先生不乾脆死了算了？

這時，畫面中的老先生站起身，走進湖中。太郎感覺自己所想的事，也許將就此在眼前發生，一時爲之屛息。因爲湖邊的底部很深，一旦落水，得費不少力氣才能爬上濕滑的岸邊。

但結果出乎太郎意料之外，老先生縱身躍向湖面，沉入水中，過了一會兒，從離岸的遠處仰身浮出水面。他伸長雙臂擺出十字架的姿態，飄然浮在湖面上。

那是一隻大水母，是一隻存在於這世上的水母。

老先生全身浸在水中，只有臉浮出水面，眼睛時張時闔，似乎正望著月亮出神。

太郎手持雙筒望遠鏡，手臂微感痠麻，這時，老先生終於開始游回岸邊。老先生回到剛才跳水的地點，蹣跚地爬上岸。太郎對老先生此刻臉上的表情感到好奇，特地放大畫面，等著一觀究竟。

老先生的肚子才剛放大出現眼前，接著他那話兒就像象頭一樣，占滿整個畫面。宛如一條外皮皺巴巴的蚯蚓，前頭還露出裡頭的紅肉。

緊接著下個瞬間，太郎倒抽一口冷氣。

老先生的那話兒有兩根。左右各一根。

太郎驚訝莫名。不自主地取下望遠鏡，抬頭望向窗外，但他明白這樣太遠看不清楚後，雙眼又再度貼向望遠鏡。

老先生有兩個老二！

太郎感到頭暈目眩，腦中一片零亂，朝床上躺下後一覺不醒，直到天亮。

隔天，太郎又挨了少年一頓揍。

自從太郎目睹老先生有兩根老二後，此事便一直縈繞腦中，連上課時也心不在焉。「那是怎麼回事？也許老先生是另一個世界的人。」他很想向人一吐心中的疑惑，無奈現在仍無法向母親和老師明說。而就在他發呆的時候，突遇襲擊。

而且這次不是出其不意地撞他背部，而是迎面朝他大喊一聲「喂，你這傢伙」，接著便一拳揮來。太郎搞不清楚發生了何事，就這樣被少年痛打一頓。少年的拳頭擊中他臉頰時，太郎感覺到一陣劇痛和血腥味在嘴裡擴散。

太郎看到朋友們一臉驚訝地呆立一旁，沒去找老師來，不禁怒火中燒。他在心裡想：「爲什麼你們不幫我？」「爲什麼我要受這種苦？」淚水很自然地奪眶而出。

「喂，剛才誰和他一起玩？」少年接著又撂下狠話。「是你對吧？還有你！」他走向太郎的朋友們，出手便打。朋友們只能低著頭，雙手緊按挨拳的部位。

放學時，太郎朝朋友們走近，結果他們拔腿就跑。

「爲什麼那個人這麼過分？」太郎想，他再度來到那名老先生的帳篷。

「老先生……」太郎和昨天一樣，站在入口處朝昏暗的帳篷內叫喚。由於遲遲沒有回應，太郎抬頭觀看，這時，帳篷後面傳來一陣呻吟。他繞到後頭一看，發現那位有兩根老二的老先生躺在地上，身上受了傷，手中還緊緊握著麵包皮。

「老先生……你怎麼了？」
太郎急忙奔向前，將他扶起。
老先生接連說了好幾聲「謝謝」。
仔細一看，老先生的臉腫得像腐爛的蔬菜，嘴唇還微微滲血。
「你怎麼了？」太郎問。
老先生搖著頭應道：「我是第一次遇上這種事……唉，眞的是第一次。」
「你跌倒了嗎？」太郎話才剛說完，老先生又搖起了頭。
「比起現在的我，跌倒還比較幸運呢。我被人揍了。」老先生再度搖頭。
「被人揍？要報警嗎？」
老先生聞言，再度緩緩地搖了搖頭。
「哈哈哈……警察是爲你們服務，不是爲我這種人。我有自知之明。不過，你要是不排斥的話，我可以將自己爲什麼會受這種罪的原因說給你聽。那樣我會好過一點。遇上倒楣事，又沒人可以訴說，這樣最傷身了。」
太郎先將老先生扶進帳篷裡。這時，他覺得自己的注意力大都放在老先生的褲子拉鍊上，看起來似乎沒什麼特別之處。
「我原本是去買麵包。喏，小學旁邊不是有一家店嗎？店門前吊著一個大型的Coupé法式麵包模型，用它代替看板，就是那家店。」
「那是久兵衛先生的店。」

「哦，那個男人叫久兵衛是吧。久兵衛……哼。」

「他怎麼了嗎？他是一位個性溫和的好好先生呢。我每天早上都會和他碰面，所以我很清楚。」

老先生抬起手，制止太郎的發言。

「我原本身上有二十圓。那是今天早上我在自動販賣機底下撿到的。那也是我工作的一部分。然後，我跑去買麵包。」

「老先生，二十圓買不到麵包啦。」

「整條麵包確實買不起。但我要買的是二十圓份的麵包。那個男人就站在店門前，所以我對他說：『我是個窮人，買不起您店裡的麵包。但我每次從您店門前經過，那難以言喻的迷人麵包香撲鼻而來，令我念念不忘。如果您同情我這名老人，只要給我這筆錢買得起的一小塊麵包就行了，可以嗎？』為了怕失禮，我還向他低頭鞠躬，臉上也沒忘記掛著笑容。那名男子不發一語地收了錢，回到店裡。因為我這身裝扮，站在店門前怕會影響他們做生意，所以我站到遠處等候。但那個男人遲遲沒有回來。」

太郎起初不相信老先生說的話。因為久兵衛先生是個和藹可親的人。每天太郎和他打招呼時，心裡都覺得他是個了不起的麵包師傅，同時身為鎮上的一分子，他也是一位和善的大叔。雖然不像太郎家那麼有錢，但應該有足夠的積蓄，夠他和妻子兩個人生活，而且他還是鎮上的副會長、紅十字會員，以及兒童一一〇專線推動委員。

眼前這名老先生衣衫襤褸、年邁力衰、一無是處，唯一比別人多的，就只有身上的老二，而且他這種可憐人身上只有二十圓，老闆怎麼會偷他的錢？

「我從麵包店一旁的木門朝裡頭叫喚。這時，我看到男子正在劈烤爐用的木柴。於是我就開口朝他叫喚道：『老闆……老闆，您可能是太忙，而忘了我這個糟老頭的事吧。不過，我一直在等您呢。我在這裡等著嘗一口您那可口的麵包。』但他非但沒答話，還高舉著柴刀，做出要砍柴的動作，狠狠瞪視著我。我當時仰天長嘆，心想……神啊，我又被欺負了。我過去吃過各種苦頭，所以我明白接下來討厭的事又要發生了。我把原本緊握木門的手移開，嘆了口氣，暗自低語一聲『又被欺負了』。正想回去時，才走不到兩步，那名男子便衝了出來，朝我拳打腳踢。之後我完全不記得發生了什麼事。等我醒來，發現自己被丟在離那家店約三個轉角遠的垃圾場裡，身旁都是咖啡和蛋殼。」

老先生也許是傷處作痛，只見他低聲呻吟，手按著側腹。

「然後你就自己走回來對吧。」

老先生頷首。

「平時我都過著隨性的生活。但這時候才眞切感受到活在世上眞是痛苦。不過話說回來，那個男人可眞狠，我連錢都被他拿走，而且全程演了齣默劇。我這還是第一次遭受這種對待。眞是個可怕的人。他瘋了。」

「老先生，你爲什麼要過這種生活？」

太郎驀然說出心中的疑問。老先生嘴角泛起落寞的苦笑，靜靜注視著太郎。

「爲什麼你會關心這件事？」

「我不想以後和你一樣，所以想知道我該怎麼做，才不會過著和你一樣的生活。」
「這樣你才可以放心是吧？」
「爸爸說過，凡事都有它的原因。生病有生病的原因。受傷有受傷的原因。當乞丐應該也有當乞丐的原因。」
「看來，你父親是個大人物呢……」老先生低語道。他一再輕撫著白髯，接著又開口道：「那麼，我之所以會變成這樣，是為什麼呢……」
「是因為懶惰吧？你是個懶惰的人對吧？」
「不。我比普通人還要努力工作呢。」
「那就是因為酒，你應該是嗜酒如命（酗酒）吧？」
「不對。我不喝酒。」
「那就是因為錢了，愛亂花錢，所以才變得這麼落魄對吧？」
「像我這種在花錢之前，總是考慮再三的人，可說是找不到了。」
太郎感到困惑。他舉出許多自己在書本和電視上看到的造成人們不幸的「因素」，但老先生只是一味地搖頭否認。
「那麼，你為什麼會過這樣的生活？真是搞不懂。」
太郎放聲大叫。老先生只是雙臂盤胸，沉默不語。
這時，帳篷不自然地動了起來。
太郎驚訝地抬頭，發現有個黑色的人影籠罩門外。

「有人在嗎？」對方發出既冷漠又可怕的聲音。
「在……」太郎和老先生同時回答。
「啊……這不是岬先生家的太郎嗎？」
那道人影蹲下身後，太郎馬上認出是他認識的一位警察。
「你在這種地方，你父親會擔心哦。」
太郎尷尬地站起身，拎著書包走出帳篷外。
「眞令我吃驚，沒想到你會跑到帳篷裡……這不是你該來的地方。」警察頻頻以手帕擦拭脖子上泛著亮光的汗珠，笑著說道。
「對不起。」
「你是這座帳篷的持有人嗎？」警察向老先生問。
「是的。我在這座湖畔邊暫住一陣子。」老先生也走出帳篷。「如果會給您添麻煩，我馬上撤。」
太郎再次緊盯著老先生的褲子拉鍊。
「太郎，我和這位老先生有些話要說，你先回去。」
太郎頷首，向老先生隨便打個招呼，便轉身離去。
「這件事，我不會告訴你父親的。」
聽到警察這麼說，太郎鬆了口氣，邁步向前奔去。

那天晚上，太郎用完餐回到自己的房間後，再度拿起雙筒望遠鏡。但他左看右瞧，就是找不到老先生的帳篷。一定是老先生被警察警告，放棄了這個住處，遷往其他市鎮去了。

太郎感到沮喪萬分。因爲這麼一來，他就再也看不到那位老先生的老二，沒辦法問他「爲什麼你有兩個老二」。早知道，就該當面向他問個清楚。

太郎感到心情鬱悶。這時，他發現一件事，心中大受震撼，猶如腦袋被敲了一記悶棍。那就是老先生悲慘的生活。「爲什麼他會過著這種落魄的生活呢？」他們兩人……不，太郎努力想查明的「原因」，一定就隱藏在老先生的那話兒當中。然而，如今老先生已不在了，太郎無法向任何人問個清楚，這個謎題肯定會一輩子困擾著太郎。

一想到這兒，太郎變得有些古怪。

那一夜，他心中無限懊惱，淚灑枕邊。

「他說他什麼也沒做哦。」

老師對太郎如此說道。太郎從昨天開始，一個人上學。今天早上，那名少年逼他吃泥巴。他一把抓起操場上的泥巴，對太郎說「這是紅豆餡，吃下去」，太郎顯得不知所措，於是少年改命周遭的少年押住太郎，硬將泥巴塞到他嘴裡。

當時押住太郎的人，全都是他的同學，而且當中有個人一面偷瞄少年的臉色，一面揚腳朝死不張口的太郎腹部踢去，他過去是太郎的好友。

一個小時後，太郎被老師叫去。太郎向老師哭訴少年的惡行。老師也把少年找來，接著又將太郎喚至跟前。

太郎對老師說的話無法辯駁。因爲他是老師。這位老師常說，被學生頂嘴，就像「遭毒蛇咬了一口」，這幾乎已成了他的口頭禪。太郎只說了一句：「我今天可以早點回家嗎？」老師同意他的請求。

太郎從鞋櫃裡取出鞋子時，平時都和他一起回家的朋友朝他跑來。

「太郎，你要回去啦？」

「嗯。」

太郎望著朋友，極力在臉上擠出哀戚之色。他希望朋友能明白他的心情。開口叫喚他的，是他從幼稚園便認識的好朋友。

「那個人說明天要殺了你。你去告密對吧？」

太郎抬起臉來。朋友面無表情，宛如一具機器人。

「你千萬不可以跟他說我們曾經是朋友哦。」

這時，朋友微微一笑，朝太郎的書包用力一拍。太郎在穿越操場時，感覺得到有許多同學注視著他。但沒人開口說一句：「他怎麼了？」在他走出校門的那一刻，聽見有人拿球往門上砸，發出一聲巨響。

「他不如死了算了……」

圍牆的另一頭傳來一個女孩的聲音。

回家途中，太郎從久兵衛先生的店門前經過。

「太郎！你已經放學啦？」久兵衛先生笑咪咪地從店內走出。「咦，怎麼啦？怎麼愁眉苦臉呢？」

「沒什麼。久兵衛先生，我只是和人打架……」

久兵衛聞言，輕輕將手搭在太郎肩上。「太郎，叔叔永遠都站在你這邊哦。欺負弱者的人是雜碎。雖然叔叔不像你父親那麼有錢，但我從來不曾說謊，也絕不欺負弱小。這是叔叔最驕傲的地方。」

「騙人也是不對的行爲對吧？」

「說謊的人，不如死了算了。」久兵衛略帶戲謔地說道。「哈哈哈，開玩笑的，啊，對了，我有剛烤好的麵包。送你一些吧。」

「不用了。」

「不用客氣，瞧你愁眉苦臉的樣子，看了眞教人心疼，希望你快打起精神來。」

久兵衛向他做了個鬼臉。

太郎並未直接返家，而是繞往湖畔。當他來到老先生的帳篷附近時，發現一件驚人的事。眼前是帳篷的殘骸。之前見過的小盒子和老先生的生活用品，散落在焦黑蜷縮的餘燼中。

「這裡失火了！」太郎驚訝莫名。這時，老先生從一旁的樹叢中現身。

「老先生，發生什麼事了？」

老先生好像剛從水裡爬上岸，打著赤膊，全身濕透。奇怪的是，他的臉、肩膀、肚皮，都有脫皮的現象。他的雙手顫抖，以一條繩子充當腰帶，綁在腰間。

「少爺，這是個可怕的市鎮。我之前便聽說，住在這裡的人個個都很沒人性，但我萬萬沒想到……竟然這麼可怕。」老先生一屁股朝地面坐下。「我再也待不下去了……」

「老先生，到底是怎麼回事？」

「哦，你聽我說。這個市鎮唯一可以信賴的人，就只有你了。我昨天差點被活活燒死呢。」

「有人要燒死你？要報警嗎？」

「哈哈……要燒死我的人，正是警察。少爺，就是你昨天遇見的那個男人。」

太郎大爲驚訝。眼前這名一身破衣、一無是處、不懂得如何在社會上生存、放著他不管便會自行腐朽的可憐老先生，唯一比別人多的，就只有他身上的老二，而那位親切、勇敢、站在正義這一方的警察，爲什麼要活活將他燒死呢？

「爲什麼他要這麼做？」

太郎抱頭苦思這個問題。

「眞是莫名其妙。少爺你一走，他的態度便一百八十度大轉變。起初只是問些簡單的問題，但當我不知如何回答，或是回答得慢一些，他便動手扯我頭髮。」

老先生一面說，一面把頭轉給太郎看。他的頭的確像是用推剪胡理一通般，慘不忍睹。

「不久，他已懶得發問，開始動手毆打我，而且愈打愈起勁。接著，他從警車那裡提來了汽油，潑向我的帳篷，放了一把火，打算將昏厥的我連同帳篷一起燒了。」

老先生一面說，一面回想當時的情景，全身簌簌發抖。他的臉一片焦黑，仔細一看，頭髮、眉毛、鬍鬚不是被燒光，便是燒焦蜷縮。

「雖然對少爺你有點不好意思，但我打算今天離開這個市鎮。這裡的人……實在是……」

老先生瞪大眼睛注視著太郎。

「太瘋狂了！瘋狂得沒有人性！」

太郎聆聽老先生這番話，雙眼始終緊盯他那濕透的焦黑長褲。

（關鍵就在那裡！）眼前是解開心中疑問的大好時機，機會錯過便不再。太郎昨天懊悔的痛苦，緩緩在腦中浮現。那種焦急的感覺，緊緊包覆他全身。

「啊，你想問這個是吧？因爲我泡進水裡。燙傷的部位又熱又疼，教人難受。泡在湖水裡，暫時不覺得那麼疼。」

老先生察覺到太郎的視線，有點不好意思地如此補充道。接著，他的視線停在太郎手中的紙袋上。

「少爺，那是什麼？」

老先生這句話令太郎回過神來。

「啊，這是久兵衛先生給我的。」

「哦，那個沒人性的傢伙……這麼說來，這是那傢伙做的麵包嘍？」

「是的。」太郎頷首，打開紙袋開口給老先生看。裡頭放了五塊丹麥麵包，濃濃的奶油香四溢。

老先生就像朝井底窺望般，望著紙袋裡的麵包。這時，他那瘦凹的肚子猛然一陣劇烈起伏，同時咕嚕咕嚕地叫著。

「哈哈……看來，我的肚皮不像它的主人那麼討厭那個男人。」

太郎發現老先生濕潤的雙眼，目光一會兒望向袋裡的麵包，一會兒望向他。「你要吃嗎？」老先生聞言，使勁地點頭，接過紙袋，坐下來張口便嚼。

「這樣的施捨是理所當然的。以他的惡行來看，這樣還算便宜他了。」老先生嘴裡塞滿了丹麥麵包。「因爲我差點就沒命了。沒錯，差點丢了小命……」

「老先生……」太郎朝他喚道。

「不過，住在這個市鎮上的人，個個都是大少爺。眞是個可怕的市鎮……你長大後，最好也離開這裡。」

「老先生，你什麼時候要離開這裡？」

「我打算吃完這個就走。你眞是個心地善良的少年。上帝一定會保佑你。你在這種市鎮裡長大，竟然還擁有這樣的好心腸，眞是奇蹟啊。」

老先生不時被塞滿嘴的丹麥麵包給噎著，同時不忘誇太郎心地善良、樂於助人。

「老先生……有件事我一直很在意，希望你能告訴我……」

「少爺將來一定會是個大人物。雖然就算我打包票，也不見得有什麼公信力，但你要是能一直維持這份善心，將來長大一定會是個大人物。也許日後會成爲博士或是當大官呢……哈哈哈哈。」

「老先生、老先生……我想向你確認一件事……這件事很重要。」

老先生正嚼得卡滋作響，太郎注視著他的大嘴。

他嘴裡的舌頭，不時會從缺牙的縫隙間露出，活像一隻四處亂鑽的老鼠。

「傷腦筋的不只是這個國家。世界各國都很需要你這樣的年輕人。因此，你要更加用功念書才行。要好好用功，而且念書千萬不可馬虎。那些貧窮國家的人們，都很拚命在念書呢。日後想和他們競爭，就不能以你現在處在安樂環境中的態度來面對。」

「老先生、老先生……你聽我說好不好……」

「以前的孩子可不像這樣呢。當然了，我並不是在責怪你。不過，現在的孩子太嬌生慣養了。整個社會就像溫室栽培一樣，一群心智不成熟的大人，昂首闊步走在路上。像這種……」

「老先生、老先生……我快要爆炸了。」

「重要的是自制力！再也沒有比這更重要的兵法了。我像你這麼大的時候，這個國家還很健康。一是念書！二是念書！三、四還是念書。」

太郎拾起一根棍子，打向老先生的手臂。

「老頭子！閉上嘴，聽我說話！」

丹麥麵包從老先生嘴裡掉落。

剎那間，世界整個停止，兩人佇立湖畔，猶如一幅靜物畫。

「你、你說什麼？」不久，老先生露出懦弱的笑臉，一臉難以置信的表情，注視著太郎。那的確是懦弱、畏縮、讓人一眼難忘的可憐眼神。「你在開玩笑對吧……哎呀，你這是學誰呢。那個麵包店老闆……金五郎是嗎？」

「褲子脫掉，」太郎再度揮棍打向老先生。「快點脫光……老頭。」

「為……為什麼？」

太郎不發一語，再次揮棍毆打。

老先生在棍棒的勁道下倒地，發出一聲哀嚎，接著懦弱地搖著頭，眼淚撲簌而下。

「為什麼……為什麼連你也……」

太郎以棍子使勁地戳向老先生的腹部。

力道比想像中來得更為強勁，擦破老先生的皮膚，滲出血來。

老先生張大著嘴，交互望著太郎和自己的肚子。這個動作不斷反覆……不久，老先生收起臉上驚訝的表情，改為流露曉悟之色。

「唉……看來，我又看走眼了。」

「少囉唆！」

太郎狠狠地一棍打向老先生的肩膀。

老先生皺著眉頭站起身，鬆開腰間的繩子，脫下褲子。

「連內褲也脫了。」太郎冷言道。

「為什麼要這麼做……」

老先生脫去他瘦弱的身軀僅剩的一塊布，伸手遮在兩腿中間。

「手移開。」

老先生聽他這麼說，先是吃驚地抬起頭來，但旋即做好覺悟，緩緩把手移向兩旁。

這時，出現太郎眼前的兩根老二，就像他在雙筒望遠鏡中看到的一樣。但老先生並非像太郎所想的那樣，長著兩根老二。

其實是同一根老二，只是前端分叉。

下垂的老二流出白色的汁液，拖著長長的絲線，落向地面。

「那是怎麼回事？快說！為什麼形狀這麼怪異！」

「這是以前我的一位好友在我身上留下的傷，用慘無人道的方法留下的傷。」老先生低語道。

太郎跨步向前，以棍子前端壓住老先生的老二。

老先生沉聲呻吟，老二再度拉出一條絲線，垂向地面。

「我以為他是我唯一的朋友，結果他半開玩笑地這樣對待我的身體。世上就是有人會做出這等殘酷的事來。」

老先生當場掩面輕聲啜泣了起來。

太郎不自主地掄起棍棒，不斷揮打。

一棍又一棍地打。儘管老先生慘叫連連，一再哀求，太郎仍不理會，使足了勁打到棍子斷折，他又拾起一根新的棍子接著打，感覺就像在打一隻打不死的蟑螂。

「你不用害怕……我一點都不認爲你是壞人。」老先生痛苦地喘息著，如此說道。「你很善良，我是說眞的，你要抬頭挺胸。我說的是事實。只是這個生病的市鎭，有一些空氣跑進了你的體內……我明白，我眞的明白，所以我不會將這件事告訴任何人。因爲我遇過更悲慘的遭遇。我並不恨你，我同情你。」最後，老先生就此倒臥地上。

太郎鼓足全身的力量，抬起附近一塊大石頭，在老先生頭頂高高舉起。

「少爺，你是個善良的孩子。我是說眞的……」

太郎手中的石頭砸落，就落在老先生的肚子上。老先生發出一聲慘叫，兩眼翻白，就此不再動彈。

太郎等候呼吸恢復平靜後，朝老先生的那話兒踩了一腳，拾起書包，往家裡奔去。

那天晚上，太郎再次拿起望遠鏡，朝老先生所在的位置查看。接著，他湊巧發現那名老先生從昏迷中醒來。老先生光著身子，搖搖晃晃地站起身後，穿上內褲和長褲，緩緩撿拾散落在帳篷四周沒被燒毀的東西，把東西全塞進黑色垃圾袋之後，老先生皺著眉頭站起身。

這時，他好像在岸邊發現了什麼，突然朝湖邊走近，低頭彎腰。接著可能是腳下打滑，只見他整個人失去平衡，踮了兩、三步，噗通一聲跌入湖裡。仔細一看，老先生這次不像之前那樣輕鬆浮出水面，而是死命揮動著手腳。他浮現在月光下的表情扭曲歪斜，似乎正強忍著痛楚。在太郎眼前三度浮沉。

可以看見老先生形成的波紋在湖面上不斷擴大。

老先生勉力游向岸邊，努力想爬上岸，但不知是泥巴濕滑，還是他力氣不夠，只見他一再嘗試，最後還是離開了岸邊。老先生哭了。他仰望明月，看起來像是在詛咒著什麼。

最後，他朝天際高舉著拳頭，猶似一艘底部破洞的沉船，沉入湖底。望遠鏡裡的老先生，在臉部完全沉入水中的瞬間，似乎正望著太郎。

他已完全沒入水中。

不久，老先生形成的波紋也已平息，湖面平靜如昔，太郎這才吐出胸中憋了許久的一口氣。

隔天一早，太郎到老先生落水的地方查看，發現岸邊留有許多他想爬上岸的抓痕。太郎心想，老先生那眞實無僞的全力奮戰，竟然就只留下這樣的痕跡。

而就在老先生彎腰的岸邊泥巴裡，埋著那隻玻璃做的小鹿。

他就是爲了撿這個東西。

竟然爲了撿這種東西而丟了性命……

太郎心想，這個人未免也太微不足道了吧。❶

❶註：關於這篇故事的標題，尼古丁的日文爲「ニコチン」音同「兩根老二」的意思。至於乞丐與老太婆的命名，則是源自格林童話中一則名爲「老乞婆」的故事，與這篇故事内容有點雷同。

Ω的聖餐

Ωの聖餐

砰的一聲。

不，也許是「乒」的一聲才對。總之，我聽起來是這種感覺。定睛一看，砂肝已倒臥在大樓的地板上，鮮血在廉價的瓷磚地上流了一地。儘管已經倒地，但不知是他的副交感神經還是反射神經，仍控制著他的表情肌，浮現他慣有的迷人笑容。砂肝是以池袋和上野爲地盤的毒販，而我則是在他一旁幫忙，藉此混口飯吃。一槍打穿砂肝後腦的，是他的大哥，名叫初，我和他第一次見面，當場見識他近距離槍殺熟人的本領。

「姦夫。」

初往砂肝的喉嚨使勁一踩，朝他半開的嘴裡吐了口痰。初帶著四名手下。他們個個都和我一樣，見初一進大樓便開槍殺人，嚇得魂不附體。初無視於現場緊繃的氣氛，就像在調整死者的姿勢般，腳踩著砂肝的臉，往地上摩擦。

砂肝的臉發出一陣沙沙聲。

砂肝曾對我說過，今後要一起「照顧某個動物」。那動物對初以及砂肝所信任的人們而言，是非常重要的生物，所以砂肝一臉嚴肅地告訴我「得小心伺候才行」。但他從未向我詳細說明。

「他說要照顧某個東西……要我和他一起照顧……」

「以後由你一個人來做。這傢伙趁大哥入監服刑時，搞上大哥的女人。如果是搞上大嫂，連我也得接受十指全斷的處分呢，媽的！」

初一腳踢向砂肝的胸口。砂肝內臟的空氣就此洩出，屍體發出「唔」的一聲呻吟。

「沒時間在這裡扯廢話了。」初頻頻嗅聞，猶如在找尋哪裡起火似地。「這裡不適合久待。」

當初砂肝帶我來這裡時，我便被室內充斥的一股野獸臭味所震懾。從外頭看，裡頭是兩個房間，但其實已打通隔間，合為一個大房間。裡頭的客廳和廚房，就像跑路後人去樓空的餐飲店一樣，堆滿了乾枯的高麗菜和碗盤，裡頭的房間則是擺著一團骯髒的棉被。油膩髒污的枕頭旁，擺著漫畫、黃色書刊、錄放影機、電視，以及一台看起來沒任何價值的老舊AM收音機。

若是不理會這些臭味，這裡倒像是一處漂亮的工寮或是集中營。

「這棟大樓的每個房間都歸我們所有。只有極少數的人知道我們在這裡做什麼。你也是其中之一。一直到上個禮拜之前，都有老爺子在，但他突然過世，所以現在換你了。」

初讓我看過小房間後，接著往內走去。

那裡有一道重砌的新牆，牆上有一道得要彎腰才進得去的小門，顯得很不搭調。門厚約二十公分，裡頭是約十張榻榻米大的空間，全部以不鏽鋼鋪設。牆上設有堅固的鐵鉤，掛著像是有防水功能的麻料厚質作業褲和作業衣。全都沾滿紅褐色的髒污，幾乎看不出原本的顏色。角落有一處像是洗腳用的場所，水龍頭上掛著水管。房間中央有一張長約兩公尺的琺瑯製餐桌。上面是附有滑車的粗大橫梁，纏繞的鐵鏈前端垂著鉤子。鉤子上纏有像是毛髮之物，我一點都不想上前確認。臭味愈來愈濃烈，感覺就像有位剛睡醒的流浪漢對我做人工呼吸。

「要照顧的東西就在隔壁。」

初以手帕摀住鼻子，一面作嘔，一面指著那扇裝設普通毛玻璃的拉門。

走近後，門裡有個東西在攢動。

「不會是獅子或鱷魚之類的吧？」

我朝初笑著說道，但他此刻正全力忍著不讓自己作嘔，對我的話置若罔聞。

接著，我和初很有默契地合力打開那扇雙開的拉門。

有一頭腐爛的大象。身上的肉幾欲塞滿整個房間的巨大身軀。牠少了臉上的鼻子，也不見像床單般的耳朵，有的只是頭上誇張的毛髮、活像哭腫了的濕潤雙眼，以及因黴菌或苔蘚而變色的皮膚。牠躺在特製的巨大床上，好讓牠可以擺出上半身立起的姿勢。連同像抹布般嚴重變色的床單在內，牠全身發出黏膩濕滑的光澤。不管怎麼看，都像是頭剝光了皮的大象，或是巨大的胎兒。

「是歐米茄（Ω）。」初因作嘔而淚眼汪汪，向我如此說道。「他是人類。詳細體重不清楚，不過應該是重達四百多公斤。」

話才剛說完，歐米茄底下發出一陣爆炸聲，他隔著大床的鐵絲網，排出一個像成犬般大小的東西。是糞便。我避開糞便濺起的水花，初則是低吼一聲，不斷吐口水，拿起名牌手帕猛擦嘴角，擦得嘴都紅了。

「他是別人向老大借錢用的抵押品，原本是馬戲團裡的大胃王。那個馬戲團自團長以下，每個人都跑路了，只留下這個傢伙。老大也是個怪人，竟然想到要他來幫我們做生意。這一幫忙，也不知道過了幾年。」

歐米茄的確是人類。我看見他的手，確認了這點，他有五根手指，儘管肥得離譜，但仍留有人類原本的形體。

「在我們找到人替代之前，你要好好照顧他。」初從口袋裡取出手機交給我，悄聲說道。「你聽好了，少和他說話。這傢伙有點麻煩，別和他說話。就算他把自己講得很了不起，終究也不過是個被同伴拋棄的失敗者。」

初提及此事時，歐米茄的眼皮彷彿從水平線上探頭的太陽般微微張開，嘴巴的部位像地面龜裂般，陡然裂出一道細縫。

我感覺到一股殺氣，向後退了一步。

同一時間，一股強勁的風與褐色的焦油四處奔流，就像失控的計程車一樣衝向初。直到初也在地上嘔出同樣顏色的穢物，我才發現那是歐米茄的嘔吐物。

「嘔……嘔……」

從頭到腳沾滿歐米茄嘔吐物的初，不斷乾嘔，連滾帶爬地跑出房外。

「我該餵他吃什麼才好？」

正當初準備就此衝出房外時，我緊追在他背後，出聲喚住了他。

初陡然停步。

「被我們做掉的人，或是受託解決的人，都是讓他吃進肚裡……因爲他是個大胃王。他從以前便訓練有素，你就努力餵飽他吧。眼前的食物就是砂肝。解體場的旁邊有個置物櫃，裡頭的道具應該相當完備。至於詳情，你就問他本人吧。再來就是維護清潔，盡可能讓他長命百歲。」初連正眼也不瞧一眼，自顧自地說道，「喂，絕對不能殺了他。雖然他很令人火大，但老大很喜歡他。要是他有什麼閃失，這責任可不是你一個人扛得起的。你原本是個知識分子對吧？砂肝老是向人炫耀，說『我有個大學畢業的小弟』。你就運用你那聰明的腦袋，好好照顧他。既然你們同樣是失敗者，就好好相處吧。先從清理糞便開始做起。」

初將房門關上，發出猶如撞擊鐵桶般的巨響。

然而，我沒辦法立刻從小門底下穿過。也許是臭氣薰人的緣故，我開始打嗝不止，外加偏頭痛，於是我走進已故的老爺子先前所用的小房間，呆立原地，望著躺在地上的砂肝。牆上掛著一只與周遭顯得格格不入的掛鐘，鐘擺緩緩推動著時間。驀地，一陣熟悉卻又說不出曲名的古典音樂，從裡頭的房間傳來。我探頭一看，位於小門對面的「歐米茄」正注視著我。我鼓起勇氣走出房間，站在他面前。

「你可別再吐哦。」

我朝歐米茄如此說道，他聞言後緩緩豎起食指。

「應該比波洛克❷潑撒得還漂亮吧？請先替我清理蛋包飯。」

歐米茄的聲音聽起來相當潮濕，宛如是順著從潮濕的洞窟內吹出的風一起傳來。

「蛋包飯？」

「就是我的排泄物。爲了我們彼此好，最好避免這種太直接的用語。要是你發現其他不錯的用語，儘管告訴我，我會考慮看看。」

歐米茄那張紙糊般的臉龐，突然變得歪斜，像是在微笑。我費了九牛二虎之力，將砂肝的身體塞進一旁的橫放型冰箱內，接著從置物櫃裡取出塑膠桶、手套、鏟子，朝床底蹲下身。我才剛將鏟子插進那團「溫熱的泥巴」裡，旋即一股臭味撲鼻而來，我忍不住當場狂嘔。

「那名已死的老頭，應該在某個地方還留有妮維雅乳液。你如果受不了這個味道，只要將它塗抹在鼻子底下和鼻孔邊緣就行了。」

歐米茄在上方如此說道。我站起身，發現他正在看一本厚書，連看也不看我一眼。

「有堆積如山的工作在等著你，你應該也知道才對。你冰箱裡的朋友放久了，會像鬧脾氣的小孩一樣，全身綳得緊緊的，你會不好處理哦。」

歐米茄說完後，開始朝「蛋包飯」上面撒尿。

我返回餐廳，四處找尋，但始終遍尋不著歐米茄說的東西。我回去告訴歐米茄這件事後，他從身旁暗處的餐具櫃取出一只骯髒的小玻璃瓶，遞給了我。

「那麼，你聞這個吧。」

我打開蓋子，戰戰兢兢地把鼻子湊向瓶口。我做好心理準備，覺得可能會聞到類似醋的

❷註：Jackson Pollock，知名的現代藝術畫家，擅長在帆布上噴塗或滴顏料的繪畫技術。

味道，但沒想到送入鼻端的，竟是一陣花香。我想洗滌因腐臭而糜爛的肺部，於是深深吸了口氣。這時，花香突然平空消失。我爲之一怔，只見歐米茄正伸手將小瓶子放回原位。他行動不便地挪動幾乎和馬的臀部一樣粗大的手臂，將小瓶子歸回原位。

「還聞得到香味嗎？」

我搖了搖頭。

「你聞到的氣味，應該是類似浸泡過天鵝絨或檸檬汁的方糖，燃燒後所散發的氣味。不過，它其實是由紫羅蘭精華加工而成。這種花的芳香物質紫羅蘭酮，會讓人們的嗅覺暫時短路，所以人們無法持續嗅聞紫羅蘭的香味。一次能聞到紫羅蘭花香的時間只有短短的一瞬間……不過，託它的福，你的嗅覺已經變得遲鈍，足以抵擋這個房間的氣味。」

我微微嗅了嗅。果眞如歐米茄所言，房內的惡臭已淡化不少。

「歡迎來到我的宮殿。」

歐米茄再次將目光移回書本上。

我向他微微行了一禮，開始著手清理「蛋包飯」。

「你爲什麼知道他是我朋友？」

我將事情忙完後，向他問道。他活像是舊書店的老闆，從眼鏡底下抬眼望著我。

「你用手擋著不讓他的頭撞向門口，儘管他早已被轟得不成人形。除了朋友，有誰會這麼做？」

「先用電鋸切除頭和兩隻手臂。」

我在清洗場朝砂肝的頸動脈劃一刀，放完血後，歐米茄指示我接下來該怎麼做。

「你沒有經驗，無法直接這樣將他肢解。首先要將他的人類特質清除。臉和手，是我們認定對方是人類的象徵部位。因爲它們總是位於衣服外面，映入人們眼中，得先將它們去除。這麼一來，辦起事來便輕鬆多了。」

「我無所謂，我可以直接動手。」

「去除之後，用鉤子鉤在他兩邊的鎖骨上，把他吊起來。只要看準身體的中心線，掌握好訣竅，就能一刀將內臟全部清乾淨。頭部是你已經處理完畢的證明，要還給幫派裡的人。」

「我可以直接動手。」

歐米茄聞言，首次對我放聲咆哮。

「給我閉嘴，照我說的去做。那是你現在還醒著，所以才這麼說。我已經受夠了，不希望在我塡飽肚子的夜裡，聽見有人因夢魘而驚聲尖叫。」

歐米茄說的話果然沒錯。儘管我切除了砂肝的手和頭，還是無法將自己正在肢解人類軀體這件事從腦中揮除。我並不害怕，但砂肝生前的一言一行，就像圍繞我身邊的輕煙，在腦中倏爾浮現、忽又消失，實在讓人愉快不起來。

「將內臟切下，丟進清洗場的絞碎機裡。」

歐米茄面無表情，語氣平淡地對渾身是血的我下達指示。

「把頭拿到那邊去。這種嗑藥的傢伙，看了就不舒服。」

清洗場旁邊有個附蓋子的堅固箱子，歐米茄命我將頭顱連同人骨一同丟進裡頭。

「這是強鹽酸槽。只要有一點點飛沫沾到皮膚，明天早上就會腐蝕出一個像手指般粗細的洞口。丟進去之後，馬上就會產生化學反應。快點把蓋子關上。」

「一開始就這麼做不就得了。」

「要是整個丟進去，它的量不足以溶解，而且產生的濃煙和熱非常驚人。爲了維持其功效，必須頻頻更換當中的鹽酸。」

稍後，我將三分之一的肉塊留在桌上，其他的放回冰箱裡。

到目前爲止，已耗掉了五個小時。

「你要烤還是要燉？」

「這樣的分量，生吃就行了。那個房間有個大盤子。冰箱裡應該還有萵苣和芹菜，將它們一起放在盤子裡。」

我依言將砂肝裝進盤子裡，端到歐米茄面前。那是大小足以雙手環抱的大盤子，但歐米茄拿在手中，看起來卻像是個小小的沙拉碗。歐米茄將盤子湊向鼻端，皺起眉頭。

「眞臭。所有肉類當中，就屬人類受藥物和金屬的污染最嚴重。」

歐米茄拿起那塊帶皮的肉片，上頭還有一顆活像葡萄乾的乳頭。歐米茄利落地用指甲剝去外皮。

「你想和我共進晚餐的話，就坐在那裡吧。還是說，你想全程目睹你朋友最後的下場？」

歐米茄停下手中的動作，微微一笑。

我搖了搖頭，回到棉被間，躺在地上。

不久，耳邊傳來歐米茄咀嚼砂肝的聲音，我不自主地打開音響的開關，但電池早已沒電。

大約一個星期會運來一次屍體。

我每次都得將他們解體，分成生吃的部分，以及做成奶油燉肉或咖哩的部分。生吃是為了獲取肉上殘留的礦物質。內臟若無特別指示，都是直接丟進絞碎機處理。

歐米茄食欲旺盛，約莫三天便能將一個人啃食精光。

「有人說過，一個大人相當於一個月的食物。」

歐米茄如此說道，炫耀自己的驚人食量。

我一早起床，先擦拭歐米茄的身體，清理他半夜製造的「蛋包飯」，為他烹煮「食材」。上手之後，我只需三小時便可完成解體的工作。

歐米茄用完餐後，我替他刷牙，注射綜合維他命劑。由於他有一層厚皮，所以我得請他張嘴，對他進行舌下注射。

事情忙完後的空閒時間，我都是到附近租片打發時間。

「《Europeo Americana》，」我問歐米茄在看什麼書，他如此回答道。「是西班牙語的百科全書，是可利用的現存百科全書中，最厚的一套，總頁數十萬五千頁。大部分的百科全書我都背下來了。目前正在看這套書。」

歐米茄醒著的時候，總是聽古典音樂，背誦百科全書，要不就是終日沉睡。

「這個我知道，是貝多芬的《第九號交響曲》對吧。」

歐米茄聽我這麼說，暗自竊笑，唇際露出的牙齒，還卡著肉屑。

「可惜只猜對了一半。這是你的前任者好意贈送的。原曲是貝多芬沒錯，不過，這創新的演奏和編曲，卻是出自沃爾特・卡洛斯之手，是他在變性成女性後，所發表的曲子。它並非單純只是剛勁有力，還有更深層細膩的表現，也被用在電影《發條橘子》中。」

「第一個晚上，我有夢魘嗎？我自己是不記得有啦……」

歐米茄從書上抬起頭，望了我一眼，接著朝浮現污漬的天花板凝望了半晌。「嗯，你的確沒夢魘……不簡單。」

總之，我們每天就是過著這樣的生活。

某夜，我受歐米茄之託，外出幫他買葛雷格聖歌的CD，順道替自己租了幾張A片。這時，突然有人拍我肩膀。

我回身一看，原來是手羽。

手羽很在意他的禿頭，只是客氣地對我喊了聲「嗨」，沒有點頭，之後便一直隔著眼鏡，靜靜地等我開口。

我們決定找家咖啡廳坐。

「你現在在忙些什麼？」

手羽還是老樣子，說話都不敢直視對方雙眼。

「還不就是東忙西忙。」

我立刻打量他的穿著，大致猜得出他現在過的生活。

雖然一樣穿的是便宜貨，但和以前不同，有洗過的痕跡。

「我原本還以爲你會重回研究室呢。」手羽一面觀察我的神色，一面說道。

「別開玩笑了，我可是個殺人犯耶。」

「話是這樣沒錯啦……」

手羽朝滿是泡沫，實際分量不多的熱可可輕啜一口。「不過，你應該還有繼續研究吧？」

我發現手羽找我聊天並非只是因爲懷舊，他想從我身上問出些什麼，或是想對我說些什麼……

「安德魯．懷爾斯對FH發表的論文，你看過了嗎？」手羽突然如此說道。

幾年前，我和手羽以工讀生的身分，在數學教授的研究室裡從事研究。我們每天都聽從教授的指示，在方格紙上畫複數根，與寫有一長串複數的紙帶搏鬥。在數學界，有位名叫希爾伯特的老先生提出二十三個尚未證明的問題，爲了解開這些問題，世界各地的聰明人物夜以繼日地研究，競爭激烈。當然了，我們的教授也投入其中一項研究，那便是費馬最後定理，俗稱FH。費馬是三百年前的一位數學家，某天他望著熟悉的畢達哥拉斯三角形定理時，突然發現$X^2+Y^2=Z^2$的平方部分，若爲3以上，便沒有正的整數解。換言之，「在$X^n+Y^n=Z^n$，$n \geqq 3$的情況下，沒有自然數的答案」，然而，這傢伙惹起軒然大波後，卻只在自己的著作欄外留下一行字寫道：「我發現了一個驚人的證明，但這裡沒有足夠的空間可容納得下」，就此辭世，沒做任何說明。

從那之後，長達三百五十多年之久，成千上萬的知名數學家挑戰這個難題，人生就此虛擲。有人百思不得其解，到頭來抑鬱而終，當真是死得毫無價值。最後終於在一九九四年，由美國普林斯頓大學的安德魯．懷爾斯教授（儘管他在宣布自己能證明這個問題後，又發表了修正的論文，過程迂迴曲折）解開這個問題。可說是站在白骨堆疊的頂端，打上了休止符。

「教授他現在怎樣？」

「他死了。旅行時，跳進火山口內自殺。」

手羽這才抬頭望向窗戶，看不出雙眼是否濕潤。

他暗自低語。「我認爲這樣的死法也好……教授不可能辦到的。」

數學家是很不可思議的人物，當他們埋首工作時，看起來就像嗑藥一樣。與其他科學家不同的地方，在於他們幾乎都只在腦中工作，除了在筆記本上寫計算公式和理論外，其他時間看起來就像什麼事也不做。如果是物理學家，只要站在價值上億的複雜裝置前，露出苦思的表情，看起來就有幾分樣；但數學家則不然。儘管同樣流露苦思的表情，卻是兩手空空，無所事事。其實教授每當深夜腦中出現靈感，便會到外頭散步，這是他的習慣。他沉思時，對任何事都視而不見、充耳未聞，常常猛然回神，發現自己已誤闖山中。

教授高中時得知FH，從那之後，便一直廢寢忘食地思考這個問題，長達四十餘年。而這一切努力，在一夕之間全成泡影。

挑戰證明這個問題的數學家，他們的人生採二進法，不是1就是0。

因此，數學家向來不會詳談自己從事何種研究。就連對我們，教授也不曾直接提及FH的事，我們只是在幫忙的過程中，更加確定有這個可能。

「因為他不會使用電腦。」

我凝望手羽那開始浮現皺紋的臉龐。就昭和前中期的數學家而言，是否具備活用電腦的技術，可說是生死攸關的問題。過去一直認為「解數學問題全靠頭腦」，始終偏重思考和靈感的數學家們，見識到楚諾維斯基兄弟於一九八九年發表的圓周率計算記錄後，個個嚇得膽戰心驚。繼八年前基爾利用軍用超級電腦Cray1號，算出兩百萬位數的解答後，他們兩兄弟將改良型Cray2號和IBM-VF合併使用，解出四億八千萬位數的解答，相當於先前的二百四十倍。一百年前，數學家沙克斯獨力耗費數年的光陰，算出七百零七位數的解答，而且當中百分之二十五有誤。想到這裡便不難發現，現今的數學已來到沒有電腦便「無法存在」的時代。

我和手羽深受教授關愛。我除了數學之外，別無長才，而且又出身於單親家庭，從小與母親相依爲命，努力想要功成名就，所以只能靠這個方法出人頭地；至於手羽則是出身有錢人家，但他有近乎病態的人群恐懼症，無法到公司上班。我們收取的工讀費，廉價得令其他學生咋舌，但我們還是很認眞工作，毫無怨言。

「你還在研究嗎？」

「因爲取得家父的諒解……已慢慢有一些成果。我已經回到老家。現在和我挑選的研究成員一起共事，請他們協助我研究。」

「你在研究什麼？」

手羽聽我這麼問，露出苦笑。

「我不能說。不過，我會以過去從未有人做過的方式，贏得費爾茲獎。」

說到費爾茲獎，是學會最高榮譽的大獎，人稱數學界的諾貝爾獎。我本以爲手羽是在開玩笑，但他卻毫無笑意。我看著他的雙眸，立刻明白他心裡眞正想說的話。

「是RH……黎曼猜想對吧？」

我感覺到自己的聲音微微顫抖。

俗稱RH的黎曼猜想，是針對只有1以及自己才能整除的質數所做的猜想。目前普遍認爲質數在整數界是採不規則的形態存在，但黎曼卻猜測質數也有其法則。而且其分布會隨著優異的證明，化爲「美麗的形態」呈現。在限定條件下，已有幾個證明問世，但至今仍無完整的定理解法，從二〇〇〇年開始，在應該解決的證明問題中，成了當紅炸子雞，備受全球矚目。

倘若有一天能解開黎曼猜想，別說是費爾茲獎了，甚至可以超越數學界，留名青史。對於解開黎曼猜想一事，美國、法國、德國、俄國政府都表現出高度興趣，一些跨國大企業也都相當關注。因為利用黎曼猜想，可以取得人類史上前所未有的「最強暗號」。電腦業界就不用提了，嚴守機密的軍需產業資訊戰，肯定會因為RH而興起一場重大變革。

手羽很滿意地站起身，拿起帳單。

「這次我請客。看你似乎已經放棄本業，我就放心了。這是我唯一掛心的事，畢竟你我當初都曾經受過教授的薰陶。也許你也會有相同的靈感……不過，現在我放心了。」

「我也沒有虛擲人生啊。」

我的謊言打從一開始就穿幫了。

手羽這時臉上才浮現先前刻意掩飾的厭惡。

「你有口臭嗎？你身上有一股奇怪的臭味呢。那麼，下次報上見吧。其實以前我很羨慕你呢……」

我原本追著手羽衝出店外，但發現錄影帶忘了拿，急忙又回到店內。桌上的杯子已被收走，女服務生正皺著眉頭擦拭我之前留在椅子上的污漬。年輕的男服務生正站在一旁不懷好意地笑著，從袋子裡取出錄影帶，封面外殼印有放大的裸女照片。

我一把將袋子搶回，打消前去追趕手羽的念頭，走回住處。

「你跑哪兒鬼混去了！」

打開房間一看，初就站在我面前。他猛然一拳揮來，猶如挨了一棍的觸感，在耳朵下方爆炸，我當場跌坐在玄關處，被狠狠修理了一頓。

初不發一語，朝我飽以老拳。我的頭一再撞向水泥地，不久，我的臉已麻痺腫脹，儘管撞向地面，也只感覺到臉順著彈力往回彈，疼痛的感覺愈來愈淡。這時，他突尖的皮鞋猛然踢中我的心窩，就像有人拿鹽酸朝我嘴裡灌似地，我痛得嘔出腹中的咖啡。

「混帳東西，竟然跑去喝咖啡。」

有人如此喊道，一把抓住我的手。我在迷迷糊糊中，感覺就像有人拿著火筷戳向我的大拇指般，一陣劇痛，我的身體反射性地彈開。定睛一看，我大拇指的指甲已被剝下。

「下次再犯，就斬斷你的手指。」

初撂下這句話後，往內走去。

我躺在地上不動，初的手下朝我頭部踢了一腳，所以我站起身，往裡頭的房間走去時，就像暈船般，整個世界東搖西晃。當我穿過那扇門時，大拇指碰觸牆壁，發現指甲雖然被剝下，但還不算太痛。歐米茄四周聚滿了人。

有位身穿白衣、年近半百的男子，氣質與初那班人截然不同，蹲在歐米茄腳下，搖著頭說道：「沒辦法……已經潰爛了。」

歐米茄喘息不止，汗如雨下的身軀發出更加薰人的體臭。

「再這樣下去會有生命危險哦。」

老人握著手術刀朝歐米茄的腳輕輕劃一刀，旋即流出黃藍兩色的膿液。

「你都沒發現嗎？」

初忿忿不平地轉頭瞪著我，朝我腦袋又是一拳。

「不是他的錯。在這種環境下，細菌會爆增，一不注意就潰爛了。」

初聞言，又是一拳打向我腦袋。這次誰也不知道他為何揍人。

「該怎麼辦才好？」

「沒有辦法，這算是一種糖尿病，他已經形成一種全身都很容易化膿的體質。」

歐米茄聞言，抬起他那痛苦的臉龐，望著初大笑。

「我贏了。我死後，老大會要你負責，宰了你。乾脆來接替我這份工作吧，這麼一來，老大應該會很滿意。」

初在一旁暗自嘀咕。

房內的人一時無法意會這句話的含義，呆立一旁，正當他們打算開口時，那名白衣老人開始用力地搖頭。

「不行，我沒辦法。」

「你不是醫生嗎？這傢伙會幫你的。」

初伸手指著我。

「我是獸醫啊。」

初一把扯著老人的頭髮，將他的頭抵向歐米茄的肚子。

「混帳。你這個欠了一屁股債的蒙古大夫，少得了便宜還賣乖。你看他，這樣也算是人嗎？要是就這樣讓他死了，我會沒命。如果你不醫治他，我現在馬上宰了你。你也想成爲他排出的一坨屎嗎？我會把你撈起來的。」

初鬆手後，老人頹然坐倒。

「明天早上，我會再來。」

初如此宣布後，留下一名手下在此監視，揚長而去。

歐米茄靜靜注視著我和醫生，那對眼睛活像是大象的眼瞳。

原因出在他右腳指甲上的一個小小肉刺。細菌從那裡侵入，轉眼間迅速增生，占據了歐米茄的腳背。

那名老人吩咐我去買由數條鋼琴線捆成的細繩和鋼筋，並對歐米茄說：「我們彼此都是爲了保護家人。」

歐米茄聞言後，沉默不語，任憑我們用繩索綁住他的膝關節下方，沒有抵抗。

老人先以繩索綁在歐米茄膝蓋下方，再插進鋼筋，使勁將它轉緊，繩索立刻將歐米茄的兩條腿勒得變形，形狀猶如沙漏一般。

歐米茄口中發出野獸般的呻吟，他的胃部劇烈蠕動，床單如海浪般上下起伏。

老人朝他打了幾針。

「是麻醉針對吧。有效嗎？」

「這對化膿的部位原本就發揮不了什麼功效，而且藥量也不夠，只是用來安撫他罷了。」

綁緊歐米茄的雙腳後，老人將聽診器貼向他腳跟。

「再觀察一下。」

老人搖搖晃地站起身，往有人監視的入口房間走去。

我朝歐米茄身旁坐下，恍惚地望著牆上殘留的污漬和某人的頭髮。

「我託你買的東西，買到了嗎？」

歐米茄吐出溫熱的氣息。

我頷首，他請我將CD放進音響裡，我依言照做。

不一會兒，一陣美好的歌聲在房內響起，一如在冬陽照耀下閃閃發亮的玻璃般清澈。

這時，老人已重回房內。他以聽診器貼向歐米茄的右腳，沉思了一會兒，再度站起身。

「你應該知道接下來會怎麼做吧？」

面對老人的詢問，歐米茄冷笑以對。

「如果可以的話，我希望不是砍腳，而是砍頭。」

「要是這麼做，我就死定了。還有，你的女兒該怎麼辦？」

歐米茄闔上眼，默而不答。他的臉就像用拖把抹過一般，整個濕透。從嘴角露出他那泛黃的大臼齒。

「每次看到你，我就覺得難過。像你這麼聰明的人，卻什麼事也不做，任憑腐朽……」

我抬頭一看，老人臉上掛著苦笑。

「我原本的確是個不學無術的江湖藝人。但自從來到這裡，因某個意外的機緣，我得到龐大的知識。」

「你做了什麼？」

老人朝歐米茄偷瞄了一眼。歐米茄雙目緊閉，動也不動。

「現在處理完屍體後，都會把頭送回去對吧。這是最近才有的事。」

老人交互望著我和歐米茄。

「以前連人腦也都一併餵他吃，但過沒多久，他的行爲舉止開始變得古怪。不，其實沒那麼久。幾乎可說是馬上見效，他開始起了變化，充滿知性。當時他常處理一些自殺的屍體。因爲幫派討債的手法很凶狠，他們承受不了壓力，因而走上絕路。幫派對於外人的屍體處理，也採一具五十萬到一百萬不等的價碼，承接毀屍滅跡的工作……當中似乎也不乏大學教授或是博士身分的人。有的專攻印度哲學、宗教、古典音樂……屍體全都赤身露體，分不清誰是誰，不過，歐米茄把他們一個一個都吸收了。」

「人腦是我唯一感興趣的部分。」歐米茄以鹹濕的口吻低語道。「我啃咬那猶如山竹果肉般的皺褶，有時感覺就像嘴巴和視網膜深處起火燃燒一樣。那是所有的荷爾蒙泉源，與貯存在腦中的幾種化學藥物所演奏的樂章。當我啃咬這種人腦時，會產生錯覺，彷彿有冰冷的火焰從我的眼、鼻、耳、皮膚竄出，甚至覺得有些落寞，不懂你們爲何不一起加入。」

老人似乎覺得很掃興，搖著頭站起身，再次持聽診器聽診後，朝歐米茄低語一聲，「我要動手了。準備好電鋸。就算是他，也受不了這種痛楚。」

老人本想用浴巾蓋在歐米茄頭上，但歐米茄卻望著我們說道：「……不用遮住我的眼睛。我想全程觀看。」

歐米茄的右腿膝蓋以下已被截肢。

電鋸轉動的鋸刃一碰觸他發黑的皮膚，膿液、油脂、血水旋即四處飛濺。歐米茄突然一陣劇烈扭動，我冷不防被他撞飛，身體剛好夾在他和牆壁中間。我胸口遭受擠壓，一時喘不過氣來，耳膜幾欲被內壓震破。好在我極力揮動雙手，費了九牛二虎之力才從縫隙中成功逃脫。

跟小孩的身體一般粗大的腳，沒想到這麼輕鬆就被鋸下。繩索綁得夠緊，所以失血不多，不過，要縫合截肢的部位有困難，若在這樣的狀態下讓它自然恢復，會引發二次感染，因此，老人決定用瓦斯噴槍燒死截肢部位的細胞。

歐米茄看到噴射出的藍白火焰，露出僵硬的笑容。

我按住他的腳，由老人動手燒。

噴槍射出細長的火焰，一口氣抵向截肢的切面，不斷傳來像是朝燒紅的鐵板灑水的聲響，我目睹他的皮膚在火焰的燒灼下變得焦黑、翻捲，骨頭因肌肉緊縮而外露，四周瀰漫著一股牙醫師燒灼牙齦的臭味。歐米茄朝我們身上狂嘔。

老人和我都沒手護臉，所以那團宛如秋葵燉湯的液體，直接從我們的嘴巴和眼睛淋下。

「抓緊！」我正欲鬆手時，老人朝我喊道。我們滿臉的嘔吐物開始變得又硬又乾，但我們不予理會，全神貫注，直到完成歐米茄的傷口燒炙工作爲止。

老人替他纏好繃帶後，歐米茄已口吐白沫，失去意識。

我們悄悄走出房外。監視我們的小弟蹙起眉頭，往棉被間走去，重重地關上門。

「我累了。要是他醒了，替他打一針。」

老人將針筒和藥瓶擱在桌上，直接癱倒在廚房的地板上。

「要打哪裡？」

我向老人詢問，但他已熟睡，鼾聲如雷。

天亮時，歐米茄發出呻吟。我依老人的吩咐，朝他舌頭打了一針。歐米茄充血的腦袋，看起來比平時又大上些許。

「給我水……」

我給了他一瓶礦泉水，他一飲而盡，緊皺的眉頭微微紓解。

「會不會痛？」

「你這是在問溺水的人痛不痛苦嗎？」

「如果要止痛劑的話，這裡還有。」

「全部給我，拜託。」

我將瓶裡剩餘的液體，全部打進歐米茄體內。老人說過，藥量不夠他用，所以我判斷這樣應該沒關係。老人雖是名獸醫，卻只有人類用的針筒。害我在歐米茄的舌頭和藥劑之間來回忙了十幾趟。

「全用完了。」

打完針後，歐米茄長嘆一聲，氣息中帶有血的腥味。

這時我才想到，CD一直重複播放。

「葛雷格聖歌，羅馬天主教典禮時所用的單旋律聖歌，歌詞是拉丁語。就像寒冬時期的煙靄般朦朧，但又帶有一股冷峻之氣，你不覺得嗎？它原本是猶太人的典禮音樂。」

歐米茄朝截肢處望了一眼。

「說來你也許不相信。我現在覺得好像有人正用力拉扯我被鋸下的右腳。」

我注視著擺在作業台下，宛如一張小椅凳的右腳。

「這樣的錯覺，我也曾經聽說過。你的感受我能體會，不過，沒人拉你的腳。它就在那裡。」

「嗯……我看也是這樣……你怎麼了嗎？」

「咦？」歐米茄突如其來的詢問，令我有些措手不及。

「你一直在摳指甲皮，就連摳破了也不在乎，視線始終往左腦的方向遊移，還頻頻伸手按太陽穴。怎麼？你在擔心什麼？自己的未來嗎？」

「我沒什麼好說的。」

「面對一位忍受瀕死劇痛的人，你就只能這樣草草回答嗎？聊點別的話題吧。」

「什麼話題？」

「關於絕望……聊聊你體驗過的痛苦回憶。」

我正欲開口時，歐米茄豎起食指，阻止了我。

「不過，我不想聽謊言。你們說的謊言枯燥無味，我早聽膩了。聊點眞實的吧。你爲什麼選擇步入黑道。」

歐米茄注視著我。

不可思議的是，我平時和人說話，總覺得對方在審判我的內心世界，對我的靈魂品頭論足，但此刻卻沒有這種感覺。

「我殺過人。」

我開始娓娓道來。學生時代的我，就在研究成果即將受教授認同時，卻因酒駕而引發死亡事故。我背負了高額的賠償金，步出監獄後，只有選擇銷聲匿跡一途……包括捨棄自己的母親。

「然後呢……」歐米茄催促我接著說下去。

神奇的是，我就像潰堤般，把我遇見砂肝的事、今天巧遇手羽的事，以及關於ＦＨ的事，全部一古腦兒地說出。還提到手羽正在挑戰的ＲＨ。當我說完這一切，靜下來調整呼吸時，聖歌的樂音再次傳入耳中。

歐米茄始終靜靜聆聽，不曾插嘴，除了不時因疼痛襲身而皺眉外，他就像一尊銅像，靜止不動，臉上不顯一絲情感。

「你看我。我雖然活著，卻逐漸被解體，最後我終將成爲一具沒有手腳，只會吃人的不倒翁。今天正是一切的開始。」歐米茄如此低語。「……你曾經問過我，我是如何充實自己的學問對吧？」

我頷首。

「你的朋友正在解開那項數學證明，是不是？」

我頷首。

「你很想知道黎曼猜想的結果吧？」

我頷首。

歐米茄注視著我，就像要看穿我的心思般，朝我凝望良久。

「那麼，我告訴你答案吧。不過，我有兩個附加條件。」歐米茄招手要我向他走近，他弓起巨大的身軀悄聲道。「我曾和馬戲團主人做過約定，我留在這裡，但他得將我女兒養育成人。不過，之前聽砂肝說，他已經背棄約定，不知從什麼時候開始，已改由他們照料我女兒，代為養育。我要他們出示證據，但他們卻一再拒絕。想必是在說謊，非常拙劣的謊言，我並不相信。但我有義務加以確認，我一定得戳破這個謊言。」

「我懂了。還有呢？」

「我有一件非常想得到手的東西。現在我已不求欣賞任何風景……知識也已經夠我往後的餘生享用……就連音樂，我也已全部記在腦中……不過……」

歐米茄說到這裡突然停頓，闔上雙眼，似乎在回味某種餘韻。

「我想得到香氣。那香氣能勾起我小時候備受父母呵護時的記憶……」歐米茄陡然睜開眼。「我出生於養蜂人家。父母經營玫瑰園，收集園裡放養的蜜蜂採集的蜂蜜。我想再次重拾那充滿陽光的和平生活、濃郁的玫瑰花香，以及蜂蜜的味道。你應該知道法國作家普魯斯特吧。香氣是記憶的鑰匙……可是，我因爲從事這項污穢的工作，嗅覺已失去作用。現在不論我聞什麼，都感受不到香味，似乎是得了嗅覺喪失症，不知該說是幸還是不幸。」

「那麼，我該怎麼做？」

「我需要腦……而且必須是一位經驗老到的養蜂師。我能做的，不是用我的鼻子，而是用我的突觸直接感受……也就是試著嗅聞他的記憶。」

歐米茄暗念出他鎖定的養蜂師姓名和住址。

兩個月後，我提著兩個袋子站在歐米茄面前。我按照他的指示，將養蜂師和手羽的身體裝進鐵絲網打造的袋子裡，丟進我事先挑選好的沼澤內。如此一來，就算水裡的魚和昆蟲啃食了屍體，白骨也不會浮出水面。

「電話給我……」

歐米茄伸出右手，它已和他的右小腿一樣腐爛腫脹，肯定近日內得動手截肢。

我將手機遞給他後，歐米茄比手勢要我迴避。我拎起底下積著一攤血水的袋子，回到廚房。我豎耳凝聽，聽聞一連串語意不明的外國話。

幾分鐘後，我聽見一個令人難以置信的聲音。雖然聲音就像牛虻的振翅聲一樣細微，但的確是啜泣聲。當我趨身向前，想確認自己沒有聽錯時，聲音已經消失，歐米茄見我從門外探頭，旋即面無表情地切斷電話，拋給了我。

「我女兒平安無事，人還在祖國。他們果然是在騙我。馬戲團主人一直信守承諾，我一位老朋友證實了這件事。」

歐米茄如此低語，表情一如平時。從語氣中感覺得出，他已下定決心。

「聽說她現在已為人母，是個好媽媽。」

我向歐米茄遞出那個裝著手羽人頭的袋子。

「先解決這件事。如果你腦中浮現數學理論的話，請把它寫在記事本裡，否則我不會交出另一個袋子。」

歐米茄冷笑一聲，一把抓住手羽那顆滿臉是血，活像鳳梨的腦袋，鼓足了力朝耳朵兩側往中間擠壓。隨著一聲踩碎硬殼的聲音，手羽那宛如貼上孟克名畫《吶喊》中的臉龐就此裂開，歐米茄將指頭伸進縫隙內，扳開頭蓋骨，從中刨出白色海綿般的濕滑物體，張口便嚼。腦漿在他唇邊冒泡流出，沿著如同山脈般隆起的下巴滴落胸前。他發出切高麗菜般的聲音，咬碎手羽的腦髓，連同纖維束也一同吞進肚裡。才約莫五分鐘的光景，手羽耗時數十年培育的腦袋，已全被歐米茄吞進腹中。歐米茄吸吮每一根手指，打了個飽嗝後，緩緩闔上眼睛，活像一位冥想導師。

我用畚箕掃起手羽的腦袋殘骸，丟進絞碎機裡。一顆眼珠沒丟好，在地上瞪視著我。我以掃帚的握柄將它壓碎，撈起來丟進絞碎機內。

隔天早上，歐米茄還是沉默不語。到了傍晚，他終於提出寫筆記的要求，我滿懷期待，但他卻遲遲沒有要動筆的意思。

「你好像想很久了。」

「該怎麼說呢……這種事我雖然有不少經驗，但卻不太會掌握當中的程序步驟。」

歐米茄嘴裡不知是否在反芻什麼東西，頻頻發出卡滋卡滋的聲音。

由於昨天的疲勞未消，所以我趴在廚房的桌上，就此沉沉入睡。

不知過了多久，從歐米茄的房間傳來一陣搔刮東西的沙沙聲。他開始寫筆記了。

「一本夠嗎？」

我向他喚道，但他置若罔聞。那是一名得到靈感的數學家完美的模樣。我拉了張椅子，坐在解體用的桌子旁，凝望歐米茄的身影。他弓著巨大的身軀，振筆疾書的模樣，恍如一隻大象在挑戰引線穿針，滑稽之至，但我沒心情笑。

不久，旭日尚未東升，烏鴉的叫聲已先響遍整個市街。

「我只能做到這裡。」

歐米茄沉聲說道，拿出一本不知是被汗水還是體液泡得脹大變色的筆記本。

但看在我眼中，它卻是熠熠生輝。

「先將它帶過來再說。」

我伸手欲接過筆記本，歐米茄卻把手移開。

「把我的養蜂師帶過來。」

我從冰箱裡取出袋子，交給他。

我接過筆記本，看到它露出的紙張上有條不紊地寫著許多數學公式，還看到作爲「質數」

問題原案的歐拉公式中常用的黎曼ξ函數。

我捧著筆記本，直接在廚房的桌子旁坐下。

我感覺到歐米茄正在啃食那名養蜂師的腦袋，但我無暇理會。

我大致看過第一頁後，便貪婪地一路往下看。上頭羅列的文字，再度喚醒我早已生鏽遲鈍的思考，強烈地撼動著我。

然而，看到一半，我的興奮之情開始逐漸冷卻，取而代之的，是不斷湧現出難以言喻的不安。

手機不知何時開始鳴響。

「你在幹什麼！為什麼不出來！」

手機猛然傳來初的怒吼。他不聽我解釋，劈頭直說個沒完。

「有三個人要送過去，你先準備一下。是被我們的殺手幹掉的敵方幹部，一旦被人發現，哪怕只是一根指頭，事情也會變得很棘手。叫他卯起來吃吧。我再十分鐘就到了。」

手機掛斷。

初就快來了，我卻全身無法動彈。之前腦中一直鳴響的疑問，我無法就此擱置一旁。而且，愈是翻閱這本筆記，我心中愈是肯定。我無比絕望。當我看完整本筆記時，我確定自己手中這本筆記只是個垃圾。

我站起身，走向歐米茄。

驀地，手羽說過的話在我腦中浮現。

「我會以過去從未有人做過的方式，贏得費爾茲獎。」

原來如此，你想一次證明兩件事是吧……

歐米茄發現我神情有異，緩緩揚起他那沉重的眼皮，莞爾一笑。

「怎麼啦？當中有錯誤嗎？」

「不，很完美。他的證明沒有任何錯誤，相當完美的證明。」

「可是你臉色不大好看呢。」

「那不是黎曼猜想，比它更高一層。『任何比2大的偶數，都可表示成兩個質數之和』，人稱哥德巴赫猜想。」

「難道沒有意義？」

「有意義。這也確實是個重要的猜想。」

「眞搞不懂。」

歐米茄一時蹙起眉頭，但旋即又恢復平靜的表情。

不可思議的是，此刻歐米茄臉上浮現他過去未曾有過的人類神情。

「此刻我眼前充滿耀眼的陽光，以及孩提時母親做的瑪德蓮蛋糕鬆軟的觸感。不，那並不是像觸感這般模糊的感覺，而是腦中擁有這份確信，由皮膚直接賜給我感覺。眞是神奇。應該不會和養蜂師的記憶有關才對……可是他的記憶成了媒介，此刻我身在幼年時的家中，父母衣服上沾染蜂蜜的香味，還可以望見閃著金光的整片番紅花田。」

歐米茄尾音顫抖，長長吁了口氣。

「歐米茄，你所寫的證明，是以黎曼猜想作爲完全定理的另一個猜想。是在假設黎曼猜想正確無誤的前提下，所做的證明。換句話說，在尚未證實黎曼猜想的現階段，根本就派不上用場，要先解開黎曼猜想才行。」

歐米茄對此充耳未聞。

他的胸口出現前所未見的劇烈起伏。儘管臉上浮現無比幸福的笑意，但顯然肉體正發出哀嚎。

「歐米茄！」

我放聲大叫，拿起老人留下的聽診器，探尋他的心跳。就連外行人也明白，他的心跳正發出不正常的嚴重訊號。我爬到他的胸口上，狠狠敲打他的心窩。如同在毆打一張堅硬的水床，不停對即將停止跳動的心臟施予重擊。

這時，歐米茄睜開眼睛，他眼中映照的，似乎不是房內的風景。

他只低聲說了一句話，我記得之前曾經聽過。

「……媽。」

他以法文說完這句話後，就此嚥氣。

「……你在幹什麼。」

背後響起初冷若冰霜的聲音。我轉頭一看，一名搬運屍體的小弟，正拾起歐米茄丟在地上的一塊養蜂師碎片。

我的臉映照在初的墨鏡上，上頭浮現死亡的面相。

最後，根據我從歐米茄那裡得到的知識，我明白利用某種蜜蜂採蜜的養蜂師當中，似乎有人因多次遭受蜂螫，而將毒素囤積於體內。當然了，養蜂師本人已產生抗毒性，在他們的日常生活中，也不會將毒素散播給別人。不過，這些主要囤積於腦中的揮發性毒素，若是用在心臟病患者身上，能令他們當場猝死。歐米茄老早便知道這件事。

他對吃人這件事早已厭煩，這是可以確定的，但有件事令他躊躇，不知該不該就此停手。就是他的女兒。他巧妙地利用我當他的道具，確認了此事。

因爲這樣，我現在成了他的接替者，專司吃人的工作，而且現在噸位與他相比毫不遜色，但我並不會感嘆這樣的遭遇。當時我馬上宣布自己要接替歐米茄的工作，對初而言，以長遠的眼光來看，這遠比殺了我，由我扛下責任還來得划算，而且歐米茄的情況恐怕也撐不了多久。我接替這項工作有個條件，那就是得讓我啃食歐米茄的腦。他們對此大感驚訝，不過，當我花一天的時間將他那足足兩桶裝的腦子全部啃食精光時，他們便決定由我來接替這個工作。

我並不感到絕望。

世界獨一無二的證明理論，就寄託在我身上，我對此沾沾自喜。黎曼猜想的證明理論，不久便逐一在我腦中浮現。如今我已利用它取得了暗號，喜不自勝。一切是如此寧靜祥和……我對這樣的生活感到心滿意足。

唯一比較不滿的，就是初找來照顧我的人，怎麼都是像你這種聽障人士呢？

無邪的祈禱

無垢の祈り

從廁所回到座位後，發現湯碗裡浮著一塊藍色的濃痰。

富美抬起臉來。原本周遭朝她身上聚集的目光，登時像吹開的粉塵般散去。

「是誰？」富美朗聲大喊，聲音在教室內迴盪。

沒人回答。取而代之的，是目光狡黠的男孩們開始互使眼色。

富美手裡端著碗，朝三名互使眼色的男孩當中看起來最弱小、而且長得很像老鼠的男孩走近，「妳幹嘛，我什麼都……」對方話還沒說完，富美已將碗裡的湯朝他頭上淋下。

「妳幹什麼！」對方發出這聲怒吼，同時一頭朝向富美的腹部，富美往後便倒，後腦重重撞向地面。一股燒灼的臭味在她口中擴散，接著眼前一暗，當她再次睜開眼時，眼前是保健室留有污漬的天花板。

她拉著冰冷的床單，從床上坐起身，在窗邊查資料的護士發現富美已醒，朝她投以慵懶的目光。

「妳打算怎麼做？要回去，還是待在這裡？」

「現在幾點？」

「快一點半了。」

「那我回去好了。」

「這樣啊。妳的書包在那裡。你們老師說，就算沒回教室也沒關係，東西都裝進書包裡了。」

富美放在網架上的紅色書包，一個月前被人用小刀將表面劃得破破爛爛，之後一直維持原樣。她一把拿起書包，不發一語地步出保健室。

護士什麼話也沒說。

她來到鞋櫃前，發現自己的鞋子不見了。

酒館老闆的女兒總是找富美麻煩，所以富美拿起她的鞋子穿上，走出校門。

夏日陽光穿透富美稀疏的頭髮，燒灼她柔軟的肌膚。她已有三天沒洗澡，渾身發癢，周身不舒服。過了一會兒，她發現後腦有東西頻頻晃動，伸手一摸，碰觸到一大塊紗布。富美發現一張公車站牌的長椅，她避開木板周邊燒燙的金屬部位，緩緩坐下，不理會繃緊的皮膚，一把將紗布扯下。白色的布面上留有橘色的血跡，鼻子湊近還可聞到雙氧水的氣味。富美輕嘆一聲，將它揉成一團，丟進冒著酸味的白煙、仍不斷悶燒的菸蒂桶裡，伸手輕觸傷口。

已經不痛了。

不過，頭部腫了一塊，令她有些難過。富美的頭原本就已凹凸不平，當中有些是同學造成的，但大部分是繼父用玻璃菸灰缸或啤酒杯留下的。富美早已習慣皮肉傷，但她還是希望繼父能高抬貴手，別傷了她的骨相。因為一旦傷了骨相，日後長大就連「整型」也無法挽救。

富美轉進這所學校後，便被人稱作「妖怪」，令她起了整型的念頭。在以前那所學校，大家都叫她「小美」，但來到這裡，卻被叫成「妖怪」，她向父母詢問原因，結果繼父笑著告訴她：「因爲妳長得醜，這也是沒辦法的事。這裡的人和都市不一樣，他們都很老實。看開一點吧，只要以後整型就好了。」

母親板起臉孔說：「身體是上天所賜，不可以隨便說改就改。」但繼父卻望著電視上的偶像，伸手指著畫面道：「這傢伙的眼睛也整過型。這傢伙則是整過下巴和鼻梁。」

母親聽早退的富美報告完事情的經過後，要她坐在電視旁的「神明」面前。「祈禱吧，」母親的表情一如平時，向富美如此低語後，站在她前面，開始向陶瓷神像祈禱。富美實在無法打從心底喜歡母親的信仰。因爲對年僅十幾歲的富美而言，不論「輪迴」還是「業」，都是深奧難懂的用語，而且參加他們家中茶敘聚會的信眾們，大都顯得精神恍惚，教人看了心裡直發毛。每次母親和他們在一起，常會說一些從未聽過的用語，聊得很起勁，然後漸漸變得橫眉豎目。

「這世上發生的一切事，都與前世的造業有關。所以妳今天發生的事，算是在償還業債……塔理路斯。」

母親朝自己的手掌哈氣，接著將手貼在富美後腦，閉目祈禱。

富美常去的公園，位於離她家很遠的一座社區中央。公園四周爲建築所環繞，在這裡遊玩的，大都是年紀較小的孩子，至今尚未見過和她同一所小學的孩子來這裡，所以她不必東張西望，擔心腳踏車的車鎖被偷，或是提防有人朝她的臉撒沙。此外，她能和小友一起玩的地方，就只有這裡，不過她今天沒來。

富美的父親在兩年前死於癌症，但她始終都被蒙在鼓裡。富美每次前去探望，看父親日漸瘦弱乾涸，模樣活像隻猴子，心裡無限恐懼，儘管她還只是個孩子，卻也明白父親病得不輕。父親深受劇痛折磨，像在說夢話般，嘴裡不斷念著「好熱、好熱」，就此溘然長逝。富美不敢想像那墜入死亡深淵的男子是自己的父親。父親就像母親說的那樣，是「被某個東西給附身了」。以前父親每次從鑄模工廠返家，總會帶富美到附近的澡堂泡澡，回家的途中買關東煮或是冰淇淋和她一起吃，如今他不知到哪裡去了。他一定會再回來……不可思議的是，一想到「他會回來」，心情便平靜許多。儘管富美明明和母親一起撿拾過父親收入棺木、燒成灰燼的遺骨。他會回來……只要如此低語，心臟幾欲跳出的緊繃感也會慢慢得到舒緩。

「小妹妹，快點回家吧，自己一個人在這裡很危險哦。」

富美轉頭一看，眼前站著一名中年婦女，手裡拎著超市購物袋，袋子鼓脹的模樣活像是遊行的氣球。

「可是我……」

「最近這一帶有可怕的人出沒……小心被抓走哦。快點回家吧。」

那名婦女說完後，便朝電梯間走去。

富美站起身，拂去身上的沙子，環視周遭。以往這個時節總是擠滿了人，享受夏日陽光，但現在除了富美外，空無一人。

「可怕的人……」富美如此低語時，猛然颳起一陣風，捲起周遭沉悶的空氣。它吹過富美所在的公園，往東方的天際呼嘯而去。

返家後發現，理應放在客廳的電視，竟然和碎裂的花瓶一起擺在玄關。

富美從上面跨過，小心不讓碎片劃傷腳，往屋內走去。

繼父雙手高舉過頂，就像要遮臉似地，睡在如垃圾場般零亂的客廳中央。從運動汗衫中露出的腋窩，長滿了腋毛，一如黑色火焰。人在內房的母親，坐在被搬移過的神像前，雙手合十。她原本梳理整齊的秀髮變得零亂，洋裝的衣領破裂，像條皮帶般垂在肩上。

「媽……」富美出聲叫喚，母親回身望向她。

她的臉皮瘀青浮腫。

富美奔向母親跟前，靠在她膝上，望向繼父，他從另一頭發出像在吸食麵條般的打呼聲。母女倆相對無語。儘管富美年紀還小，但該說的話，她以前都說過，母親只同意她前面說的話，對於「我們離家出走吧」、「我們兩個人一起相依為命」這類的結論，總是不置可否，這點富美心知肚明。

母親似乎認為她和繼父之間，也屬於「償還業債」的一種，算是某種修行。

「肚子餓了嗎？」

富美點頭回應，站起身，從零亂一如客廳的廚房地上拾起鍋子，自己裝水，打開瓦斯爐，放在爐上。

她朝時鐘望了一眼，得知她愛看的電視即將開演，於是從倒放在玄關的電視後面拉出電線，插向走廊的插座。由於天線已被拔除，螢幕上出現一道道彩虹，但勉強還是看得到畫面。富美和母親將托盤端往走廊，擺在冰冷的地板上，不發一語地吃著泡麵。

「眞厲害。好像頸骨被打斷，整個人血肉模糊呢。」

男孩們興奮的聲音傳入富美耳中。

聽他們所言，位於這條上學路上的棉被店老闆，昨天在澡堂的窯場附近遭人虐殺。鮮少從父母那裡得知任何消息的富美，初次聽聞此事。

「最近學校附近很不安寧，發生許多棘手的事件。你們從學校返家後，盡可能不要外出。從下週起，得全班一同上下學，你們帶這份通知單回家，請你們父母詳閱上面的說明。」

導師說完後，富美身後登時有人高聲說道：「什麼！我才不要跟那個妖怪一起上學呢。」引來哄堂大笑。

「別亂說話，大家得忍著點，好好配合。」導師訓斥那名說話的學生，接著又補上一句：「難道你不怕死嗎？」

語畢，學生們爭相發問道：「老師，那個殺人凶手是個什麼樣的人啊？」「已經殺了幾個人？」「他都殺男人還是女人？」導師向學生們解釋，從此人行凶的行徑來看，應該是名體格魁梧、孔武有力的男子，截至目前為止，連同這個城鎮在內，已殺害了四人，受害者男女皆有。

回家的途中，富美到傳聞的命案現場觀看，發現澡堂附近拉開大大的藍色塑膠布，多名身穿工作服、手臂掛著臂章的員警忙進忙出。早在多年前便已歇業的澡堂，一直任憑荒廢，雜草叢生，不過，窯場附近的那扇布滿紅鏽的大鐵門，平時總是大門深鎖。

嚴重歪斜的鐵門上留有某人用濕黏的球狀物體在門上擠壓、摩擦的痕跡。

「能把人打成那副德性，只有怪物才做得到……真可怕。」

耳畔傳來站在一旁看熱鬧的人與同伴的竊竊私語。

富美朝他們的視線前方望去，發現幾欲坍塌的煙囪磚瓦上，貼有某個形狀像問號的東西。

是人的耳朵。

回家的路上，富美刻意繞遠路，不和同校的學生們碰面，直接往公園走去。

她知道那是誰的耳朵。

之前富美在放學的路上，曾經被同學一記迴旋踢擊中心窩，痛得蹲在小巷裡，當時那名男子走過來向她搭訕。男子滿臉油汗，望著噁心作嘔、極力強忍的富美，臉上帶著微笑。男子與富美打招呼，從那兩片像豬肉般的厚唇間露出一排牙齒，讓人聯想到碼頭上腐朽的木樁。

「今天可眞熱呢。」

他吐出的氣息，彷彿溶解於醋中的尼古丁，富美受不了這個味道，微微往後倒退。這時，男子急忙拿出手帕，摀住富美的嘴，朝她背後不斷拍撫。

「哎呀，今天眞的很熱。」他反覆如此說道，東張西望。

拍撫了兩、三下後，男子的手由富美背後移往腰際，接著伸進短裙內。

驚慌的富美急忙扭身，叫他住手，男子用手帕摀住她嘴巴的力道又加重了幾分，同時朝她悄聲低語道：「想不想要皮卡丘的枕頭啊？之前妳和妳媽來我店裡買蕎麥殼❸時，妳一直盯著它瞧。要是妳乖乖聽話，我就送妳。」

富美使盡全力扭動身體，從男子手中掙脫。

轉頭一看，男子臉上一度浮現慍容，但旋即又笑臉相迎。

「妳的綽號叫妖怪對吧？」男子呵呵而笑，小心不讓手帕裡的東西掉出，塞進長褲的口袋裡。「小小年紀就這樣勾引男人，不可以哦。」

男子說完話，便拿著相機，朝兒童公園走去。

富美脫身時，曾望向男子的耳朵。

他耳朵上有個像黃豆般大的黑痣，上頭長著一小撮毛。

煙囪上的耳朵也有顆痣。它迎風搖曳，彷彿對自己主人發生了何事，絲毫不感興趣。

❸註：用來充當枕頭內的塡充物。

「什麼，妳竟然完全不知道。」

小友大爲吃驚，座椅爲之顫動。

「因爲我家沒訂報，也沒看電視新聞。」

富美從小友遞出的袋子中抓了一把爆米花，送入口中。

「連同今天的男性死者在內，犧牲者共有兩名女性、兩名男性。全是被強勁的力量勒住脖子，扭斷頸骨。聽說犧牲者彼此都沒有關聯。這件事在我們那所國中引發了軒然大波呢。」小友隔著她那如同水槽外緣般厚的鏡片，注視著富美。「妳怎麼了？」

「小友，妳猜對方爲什麼殺人？」富美把臉湊近，緊盯著小友的眼鏡。「他殺人的用意是什麼？」

「我怎麼會知道。我爸常說，那種人跟鯊魚沒兩樣。」

「鯊魚？」

「是啊。聽說食人鯊吃人是沒理由的。眼前有人，牠就攻擊。那種人也同樣殺人不講理由，也許就只是因爲想殺人。」

小友鬆開輪椅的煞車後，開始緩緩朝富美坐著的溜滑梯四周巡視。

「我不這麼認爲……」富美霍然站起。「小友，妳家裡的報紙都有留著吧？」

隔天，富美沒上學。

她一直躲在貨運公司的停車場內，直到過了上學時間，接著她回到公寓，取出單車，拿著小友給她的便條紙，朝公車站牌衝去。

來到目的地附近後，富美以便利商店等地標確認場所位置。知道那處場所的人比她想像中來得多，令她頗爲詫異，當中更有不少人朝她露出「小孩來這裡幹什麼？」的納悶表情。

來到碼頭後，富美四處找尋如今無人使用的第七倉庫。

當碼頭內行駛的卡車三度從她身旁呼嘯而過時，她終於發現那座倉庫。

富美將單車靠在巨大的倉庫門口前，仰望其雄偉的外觀。

聽小友說，有名年近二十的女子就是在那裡被殺害。

鐵門用全新的鐵鍊層層纏繞，並鎖上一個和富美拳頭一樣大的大鎖。

富美四處張望，查看有無和案件有關的事物，只發現鐵鍊纏繞的附近有白色粉末，一旁的草地上留有石膏的碎片。

富美繞到背後查看，發現石板瓦有一部分因生鏽而破破爛爛，於是她伸手試著加以彎曲。但裡面是一道水泥牆。富美接著又繞著周圍打轉，但始終遍尋不著可以進入倉庫內的洞穴，每扇窗戶也都緊閉。

富美從口袋裡取出魔術筆，在附近的牆上寫下「富美」兩個字，但旋即又畫了好幾條橫線將它蓋過，只留下「你好！」這幾個字。

來到下一個場所時，太陽已過中天。

據說在歇業的便利商店貨架上，擺著一具被切成兩半的男性屍體。

那家店的玻璃窗外被人用大塊的木板封死，富美從縫隙處往內窺望，裡頭恍如深夜裡的大海，一片漆黑。

她再次在木板上寫下「你好！」，轉身離去。

第三個地點，是廢棄的大樓地下室。

地點就位在繼父以前住的地方，所以她知道位置。一樓仍留有昔日洗衣店遺留的物品。門外封鎖用的木板有些歪斜，所以富美從大門走進裡面，在玻璃碎片堆積成的沙石地上，每走一步便發出刺耳的聲響。電梯另一側通往地下室的樓梯，完全被黑暗所吞噬。富美感覺到自己背後汗毛緩緩豎起。她繼續移步向前，伸手握住粗糙的扶手，開始走下樓梯。霉味愈來愈濃，光線也開始溶入黑暗中，富美有種身體飄然浮起的奇妙感覺。

「十五……」她邊走邊數樓梯，這時，突然已來到平地。門好像就在右手邊，但那裡是深邃的黑暗。富美伸手朝門把處探尋，驀地腦中閃過一個念頭——要是那裡沒有門的話怎麼辦？要是沒有門，我整個人倒栽蔥跌進地下室，會有什麼在那裡等著我？富美往前跨出一步，防範身體往前傾斜。

接著，他踩到某個東西。

隨著一聲刺耳的慘叫，兩隻貓從富美膝下掠過，往上飛奔而去。

全身急速凍結的富美，過了一會兒才微微吁了口氣，轉動手中的門把。門把文風不動。

她再次輕嘆一聲，往樓梯折返。從黑暗來到戶外，陽光猶如閃光般，朝眼中直射而來。富美抬手遮眼，這才發現自己在流淚。

富美在外面的木板上寫下「你好！」，心裡惦記著那兩隻貓的去向，因而繞到大樓後面查看。與鄰家屋簷相連的縫隙處，沒看見貓兒的蹤影，但卻從冷氣室外機底下發現一扇小小的採光窗。富美朝它走近，即使外牆摩擦著她的衣服也毫不在乎，她發現破裂的玻璃窗上所安裝的三合板已微微脫落。富美使勁一推，三合板應聲往內掉落，傳來一陣乓啷響聲，但旋即趨於無聲。這樣的縫隙，大人無法進入，但富美的體型似乎可以穿越，只是不知下得去是否上得來，令她有些不安。富美拿起一旁的木板架在窗戶上，就此離開現場。

隔天，富美再次曠課，來到現場。不同的是，今天她從家中帶來手電筒和綁貨用的塑膠繩，放進單車的車籃裡，並在各個案發現場遺留的「你好！」留言下方，補上一句「我今天又來了。叔叔你去過的地方，我昨天也全都去過了」。

富美站在昨天那扇窗戶前趑趄不前。她用手電筒照遍每個角落，始終找不到梯子。儘管裡頭有幾個箱子，但她不確定自己是否搬得動。她站起身，打電話給小友。

「小友，是我，富美。如果我明天沒去妳家找妳，請打電話報警，請警方搜尋前些日子妳替我調查的那些住處……不是妳想的那樣。妳放心。我不會有事的。不過，這件事請替我保密哦。」

十分鐘後，富美將塑膠繩穿過支撐冷氣室外機的水泥塊洞中，用它綁在皮帶上，就此鑽過破裂的玻璃窗。後來她雙手無法支撐身體的重量，塑膠繩登時失去功用，整個人筆直墜落。所幸落在紙箱上，毫髮無傷。富美聽見某個東西從地上掃過的聲音，似乎不知該往哪兒逃，但她拿出手電筒一照，卻什麼也沒發現。

眼前只有損毀的置物櫃、地毯、成捆的報紙和雜誌，散落一地。光線照向房內的角落，看見閃閃生輝的光線粒子，她爲之一驚，還急忙躲了起來。富美坐在房間中央，想像小友告訴她的那個櫃子可能的所在位置。據說第二名女性死者遭殺害後，身體被分屍，塞在這裡的一個櫃子裡。富美闔上眼，眼前清楚浮現一個巨大人影，單手輕鬆地抱著一位美女，順著樓梯來到這處地下室。這名男子動作利落地朝室內探尋，看不見他的臉，他的衣服包覆著宛如野獸般的身軀，幾欲被虯結的肌肉給撐破。富美想像那名男子出現在自己班上，將那些老是找她麻煩的男女學生一一撂倒。聽見學生慘叫而趕到的導師和其他男老師，也被他輕易地擊倒在地，一拳便將對手打成碎片。當一切都結束後，男子於操場上駐足良久，全身染滿犧牲者的鮮血。鮮血如同毒蛇般，從他的拳頭舔舐地面，燒灼大地。富美從教室的窗戶往外望，那名摧毀學校的男子來到城鎮上，再度展開破壞和殺戮。繼父和那群討厭的宗教信徒們，應該也混雜在化爲瓦礫的建築中。

富美睜開眼，發現手電筒照出地上的一條白線，她就此站起身。白線畫出人的形狀。富美沿著上面的形狀躺下，再度闔眼。

將近一個小時後，富美很幸運地將她搬得動的箱子疊好，從窗口回到戶外。

富美之後仍是一再到命案現場朝聖。她畢竟還是無法天天曠課，但不管放學時間再晚，她還是會盡可能繞往現場看看，以小字簡短地寫下當天發生的事以及自己的遭遇。

「富美，妳來一下。」

某天晚上，她從現場回來後，母親在神像前輕撫她的臉。

走近一看，母親將長長的紙繩塞進鼻孔裡，垂落唇前。

「妳在幹什麼？」富美感到害怕，向母親詢問，只見母親握住紙繩的兩端，開始上下鑽動，痛苦地發出作嘔的聲音，淚流不止。

「妳這是在做什麼！快住手啊。」

富美緊緊抱住母親，母親拔出紙繩，以圍裙朝臉上一抹，呵呵而笑。

「妳在做什麼？」

「這個啊，對身體很好哦。我希望妳也能學會。」

「這麼古怪的行爲，我才不要呢。這太怪異了。」

「放心，只有一開始會覺得痛，等習慣後，對身體相當有助益。」

母親語畢，一把抓住富美，將她絆倒。富美鼓足了勁抵抗，卻還是無法動彈。母親從未這麼使勁抓過她。

「今天刑警到家裡來……」母親低頭望著富美，眼眶泛淚。「他們說，妳爸爸以前待過監獄……曾經猥褻過女童……」

富美趁機往母親腹部踢去，從她手中掙脫。

「媽媽獨自一人，無法背負這樣的業。我需要妳來幫我。我之所以一再遭遇這樣的折磨，都是因爲承受的業還不夠多。」

「媽，妳講的話太奇怪了。」

富美轉身想走，母親對她說道：「妳從下週起，就要搬到教團的宿舍去住了。在妳上大學之前，都得在那裡生活。假日我會去看妳。既然要加入教團，就得先替妳打通一、兩個脈輪才行。從現在開始練習，有益無害。那裡全都是好人，妳不用擔心。」

「我不要！」

「這是已經決定的事。反正妳也不喜歡現在的學校，不是嗎？」

「我才不要搬去那裡住呢！」

「……那妳就死吧。」

母親凝睇著富美，富美見過那不帶任何情感的眼神。那是她在學校和鎮上，人們向她投射的目光。

「那妳就死吧，反正活著也沒用……」

富美奔向神像，將它撞向地板。

母親發出野獸般的叫聲，趴在碎裂的神像上。

富美一把抓起母親放在桌上的錢包，衝向夜晚的市街。

富美並未哭泣。她心想——我得認真思考這個問題才行。認真思考自己接下來該怎麼辦……否則我會被逼瘋。

猛然回神，她發現自己拎著一只裝滿魔術筆的塑膠袋，站在倉庫前。

她寫下「我想見你」四個字。

就像在敲打牆面般振筆疾書，魔術筆的筆芯被粗糙的石板瓦牆壁磨平，變短的筆尖一再令她的手打滑，指甲撞向牆面，不久，她的指甲破裂，血沿著手臂滑落，但富美還是寫個不停。

「我想見你」「我想見你」「我想見你」「我想見你」「我想見你」「我想見你」「我想見你」「我想見你」「我想見你」「我想見你」「我想見你」「我想見你」「我想見你」「我想見你」。

見了面之後打算怎樣？她從沒想過這個問題。她腦中只想著要見他一面，請他殺光所有人。也許自己也會被他殺害，若真是那樣，她想當面告訴對方「請你好好加油」。富美發狂似地振筆疾書，當四周天色微明時，她已將倉庫四周全部寫滿。接著她前往下個命案現場，一路上看到電線桿、看板、步道上的鋪石、牆壁，拿起筆就寫。轉眼天色已亮，街上滿是通勤上學的人潮，富美仍舊蹲在地上，或是靠著牆面，使勁地書寫。餓了就啃果醬麵包，累了就躺在公園的長椅休息，從這處命案現場，走到另一處命案現場。

當她抵達最後一處命案現場時，已是日暮時分。

「嗨。」

正當富美從煙囪底部一路寫至鐵門時，有人出聲叫喚她。

她回身一望，眼前站著一名中等身材的中年男子。男子揮汗如雨，灰色西裝夾在腋下。

「妳寫了眞多字呢，」男子的眼鏡發出亮光。

富美與男子保持距離，防範他朝自己撲來，全神留意他的動向。

「小姑娘，這些字全是妳寫的吧？『我想見你』。妳眞那麼想見他？」

富美聞言後，點了點頭。

「為什麼？」男子倏然收起臉上的笑容。

富美默而不答。

男子向前踏出一步後，沒有縮短彼此的距離，反而是彎腰想與富美目光交會。

「妳認識他？」

富美搖頭。

「那麼，妳為什麼要這麼做？」男子又朝她走近些許。

每次大人靠近，都會有一股難聞的氣味，但此人卻沒有。

「妳想見的那個人做過什麼事，妳知道嗎？」

富美頷首。

「對這種行事如此殘忍的人，一般人應該會害怕才對吧？為什麼偏偏妳這麼想見他？」

「你要抓他嗎？」富美抬起臉問道。

男子停頓了一會兒，才頷首應道：「沒錯。像那種人，得有人跟在身邊才行，不能讓他單獨行動。他自己應該也很痛苦才對。」

「死掉就好了。」富美沉聲低語。

「妳說什麼？」

「大家全死就好了，最好全被那個人殺死。」

富美朝外頭奔去。她從鐵門往外衝時，一名身穿西裝的年輕男子伸手欲抓住她。

「攔住那個女孩！」傳來中年男子的聲音。

富美避開男子的手，鑽過停車場外牆的一個小洞，失去了行蹤。

肚子咕嚕咕嚕作響。富美不想走進巷弄，沿著牆壁而行，穿過樹籬，穿梭於建築間的縫隙。她不知何去何從。倘若回到母親身邊，表示她將獨自一人住進教團的宿舍。

富美發現有一對野貓母子窩在串燒店的排氣孔附近，她跪下來，噘著嘴朝牠們發出「啾啾啾」的聲音。「過來這邊，」她噘著嘴叫喚，叫得嘴都痠了，原本來回踱步，對她不理不睬的母貓，突然解除了戒心，朝富美的手臂磨蹭。野貓聞出串燒的氣味。母貓來了之後，活像布偶般的小貓也湊了過來。富美抱起牠們，輕輕一吻，臉貼著牠們的軟毛磨蹭。

驀地，富美想起母親的錢包，叫貓兒們在原地等她，自己繞到店門前，向燃起通紅炭火的老闆點了三根串燒。富美繞向一旁避開濃煙，眨著眼注視那忽明忽滅的炭火。不久，老闆將烤好的串燒伸進蘸醬壺裡蘸了一下，擺在保麗龍的盤子上，用塑膠袋包好。

「謝謝，」富美接過後，轉頭一看，繼父就站在她面前。

繼父似乎喝得酩酊大醉，他緊盯著富美，昂然立於道路中央。一旁站著一名故作外國人打扮的女子，勾著繼父的手，同樣以酒醉的口吻說道「走嘛、走嘛」。繼父並未出聲，只是嘴唇輕啓，做出「宰了妳」的唇形。

富美一動也不動，直到繼父的身影消失在酒館裡。

繼父怒氣沖沖……原因不明。富美只知道，要是被他逮著，肯定不是用啤酒杯往身上砸就能了事。

這時她腦中突然浮現母親的臉龐。她隱約覺得，現在要是告訴母親此事，她或許會改變心意。她很想告訴母親，繼父在外頭有個奇怪的女人，現在他應該已經不需要母親的照顧了。那些業什麼的，就由那個女人去扛吧。只要沒有繼父，母親應該就能和我一起生活了。

富美繞到小巷子後面，貓兒們已不見蹤影，她拿出串燒，好讓牠們回來後得以享用。

母親不為所動。

她見富美返家，投以微笑，低著頭靜靜聆聽富美向她報告繼父的事。

「媽，我們走吧。今天先找個地方住，然後再好好想想以後該怎麼走。」

富美看母親坐著不動，低頭不語，感覺有股不祥的念頭在心底悶燒。

「媽，我們走吧。」

富美握住母親的手，鼓足了勁往上拉，試圖讓她站起來。但母親就像裝滿泥巴的袋子一樣沉重，文風不動。

「為什麼！為什麼不走？」

富美往室內環視，祭壇依舊如昔，但已不見神像。她低頭望著母親花白的頭髮，眼淚奪眶而出。

「為什麼妳不和我一起走！」

「妳眞是個孩子。」母親抬起頭來，微微一聲驚呼。「你回來啦。」

富美頭部受到一陣重擊，整個人往房內角落飛去。

側腹就像被人打入一根釘子般，痛徹心腑，一時喘不過氣來。她吃驚地瞪大眼睛，看見繼父站在母親面前。

「坐吧。」

母親不顯一絲憤怒和哀戚，只感覺像是看到討厭的景象，微微蹙眉。

「臭ㄚ頭，竟然出賣自己的父親。」

繼父手中握著高爾夫球桿。

富美望著自己口中擴散的鮮血滴在榻榻米上，腦袋發麻。隨著咚的一聲，背部傳來一陣衝擊，令她不自主地往反方向蜷縮，臉部撞向榻榻米。日光燈變得昏暗，富美無意識地翻身，看見高爾夫球桿刺向自己剛才所在的位置，發出一聲清響。

「臭ㄚ頭，竟敢向刑警出賣我，妳打算讓妳老子重回監獄是吧！」

繼父的腳尖擊中富美的鼻頭。隨著一陣碎裂聲，一股利刃刺進眉心般的痛楚遊走在整個腦袋，富美放聲慘叫。繼父腳下還穿著鞋子。在日光燈的照耀下，繼父眼中散發黑光。

他會殺了我。

「別再打了。」房內響起一個慵懶無力的聲音。

「給我住口，臭娘兒們！」繼父朝母親咆哮。

這時，富美看到一幕難以置信的光景。

母親臉上掛著妖媚的淺笑。

絕望化為能量，支配了富美的身體。她大叫一聲，從繼父身旁穿過，毫不遲疑地奪門而出。

她無法走到公園。她想去找小友，但全身發冷，視線模糊。棄置路旁的玻璃碎片劃破富美的腳跟，她才發現自己打著赤腳。光是望向地面，臉部便痛得幾欲碎裂。她忍不住腹中翻騰的胃液，數度蹲在電線桿下狂嘔。儘管一再嘔吐，還是頻頻感到噁心作嘔。腳下嘔出的盡是酸水。她疼痛難耐，朝附近建築的某個角落坐下，一時睡著，但旋即又冷醒。脖子和背部滾燙有如火燒，隨著心悸而搖晃。

她本想到澡堂的命案現場看看，卻又不想遇見白天的刑警。

她發現有個衣櫥被丟棄在路燈下，走近看個仔細。

打開櫥門，看見安裝在裡頭的鏡子，富美倒抽一口冷氣。有個「妖怪」瞪視著富美。她端詳了半晌後，只見「妖怪」染血的雙眼流下數行熱淚，在下巴處匯聚成紅色的水珠，滴落地面。附近的人家傳來「走吧、走吧」的歌聲。

富美本想就此走向大路，一頭撞向卡車，但不知為何，她沒這麼做。她再度四處遊蕩，最後倚著一戶陌生民宅的牆壁坐下。全身就像牙疼一樣陣陣抽痛，思緒一片零亂。雙手劇烈顫抖，無法抑制。她眼前有個東西被車輪輾過，像煎餅似地，緊貼著地面，不知是貓還是老鼠。富美隱約能明白那種感受。一股恐懼油然而生。她很自然地前後擺動身體，哼著剛才聽到的曲子。這時，頭頂傳來窗戶開關的聲音，落下一陣水花。富美緩緩轉頭，發現有根水管從窗口伸出，一隻塗有指甲油的手，將水管口按成∞形，正對準著她。看不見對方的臉。全身淋成落湯雞的富美站起身，打算到當初剛搬來時常潛入探險的那家廢工廠，結束自己的生命。

既然要死，她不想讓任何人瞧見。

這裡原本是家點心工廠，至今仍有微微的香氣殘留。裡頭棄置了好幾根足以讓富美在上頭行走的大型排煙管。富美鑽進其中一根排煙管內躺下，閉目冥思。

身上已沒有隱隱作痛的發熱感。不過，從體內散發的冰冷，靜靜包覆全身，彷彿只要順其自然，身體便會沉入地面。

這時，她聽見工廠另一側傳來開門聲。

富美坐起身，察覺有個人影像是在找尋什麼似地，在屋外燈光的照耀下，於昏暗中逐步走來。是個黑色人影。看在她視線模糊的眼中，顯得相當巨大。人影對工廠內的殘骸不屑一顧，大步前進。富美屏氣斂息，靜靜等待。

人影來到大型排煙管前，從外頭往內窺望。

富美緊張得無法呼吸。

最後，人影終於望向富美所在的排煙管。

「叔叔？」富美閉上眼。

「終於找到了，果然在這裡。」

繼父朗聲大笑。

富美睜開眼，想立即起身。但她僵硬的身軀無比沉重，完全不聽使喚。她以爲自己全力後退，但實際上只是身體微微動了幾下。腦中原本已消失的麻痺感，又開始四處擴散，就像水淋頭而下，逐漸覆滿全身。唯獨淚水和身體的反應相反，如同潰堤般不斷湧出，繼父的身影因淚水而變得模糊。

「既然要死，就得死在家裡才行，否則會變成社會案件。」

繼父一把抓住富美的雙腳腳踝，將她拖出排煙管外。

「住手……」

她的放聲大喊，僅只來到嘴邊，便就此趨於無聲，眞是不可思議。富美這才明白，自己已沒有任何力氣。

「妳還滿有胸部的嘛。」

繼父如此低語道，隔著衣服一把抓向富美的胸部。

富美抬頭望著幾欲坍塌的天花板。繼父在她脖子下方鬼鬼祟祟，但富美早已不在乎。繼父每次拉扯，身體都會隨著搖晃，但富美心中期盼的，是天花板崩塌的石板瓦能夠砸向她。她心想，要是石板瓦能像斷頭台的刀刃般，將他們砍成兩半，一切就能結束了。

富美感覺下半身被抬起，只見繼父站起身，當著她的面脫下工作褲，從濃密的陰毛中露出皺縮的性器，活像沒毛的老鼠。

他手中握著富美的裙子和內褲。

「我不要！」富美坐起身。

繼父放下手中的內褲，坐在富美面前，壓在她身上。當他貼向富美的前胸時，就像泡進浴缸似地，發出長長的一聲「啊～」。

「妳們這些小鬼，全都是這個味道，有股濃濃的墊被味。」

富美不自主地抓住繼父的臉，大拇指按向他的左眼皮。

「想用指頭戳我是吧……」

繼父停止動作。

「好，妳動手啊。不過，妳敢這麼做的話，我也不會讓妳好過的。」

繼父望著富美，露出一口白牙。

「我會咬下妳的鼻子，接著是嘴唇，連同右耳和左耳也一起咬下來吃掉。」他齒牙交錯，咔嚓作響。

「媽媽最討厭你了，你跟寄生蟲沒有兩樣。要不是你威脅媽媽，她就會和我一起生活。」

富美這番話，引來繼父一陣咳嗽，接著他在屋內響起一陣沉聲低笑。

「富美，妳眞是個孩子，妳媽早就不想管妳了，妳是個累贅。」

「你騙人。」

「我沒騙妳……那個女人懷了我的孩子。」

富美望著繼父。

「眞正累贅的不是我，而是妳。妳以爲是誰叫我來這裡找妳的？」

富美的喉中發出一聲低吟，久久不見停歇。

然而，儘管她發出低迴的沉吟，但臉上卻無任何表情，宛如戴上了面具。

她鬆開抓緊繼父眼皮的手臂，頹然落地。

繼父伸手在胯下搓弄了幾下後，湊向富美。

富美已無力抵抗。

「果然還很窄。」

繼父嘀咕著站起身，拿起工作褲，從裡頭取出建築用的美工刀。

繼父擠進富美的兩腿間，美工刀的刀刃一會兒伸一會兒縮，就像在確認適當的刀刃長度般。

「會有點刺痛，忍耐一下吧。」

繼父把臉湊向富美的兩腿間。

這時，富美耳邊傳來一個踩踏沙地的沙沙聲。

「只會刺痛一下。」

繼父猶如在欣賞富美的表情般，望著她冷笑。

富美感覺到冷若寒冰的刀刃緩緩抵向她性器的肉縫處，倒抽一口冷氣。

驀地，耳邊響起一陣長槍刺向南瓜般的聲音，繼父的腦袋應聲破裂，溫熱的飛沫噴灑猶如降雨。定睛一看，繼父的腦袋被剖成兩半，直透下巴，後面站著一個巨大的人影。

上顎被一分爲二，舌根一覽無遺，舌頭不知該往左右哪一邊擺，喉嚨顫動，發出嗚咽的聲音。繼父朝胸前抓了兩、三下後，就此仰身倒下。

耳邊傳來踩踏沙地的聲音，富美感覺到自己被人抱起，浮向空中。

那人正凝望著富美。

黑暗中勉強可以看見，他的雙眸浮現出對富美的納悶與興趣。

「是妳呼喚我對吧？」

一個沉靜溫柔的聲音，隨著一陣香味傳來。

「是的。」

富美伸出手。

對方拋下染血的柴刀，用他碩大的手掌溫柔地握住。

オペラントの肖像

操作制約的肖像

瓷磚。

血。

日光燈。

閃爍。

「喂，隊長。可不可以幫我去說一聲，叫人來換這裡的燈泡？」

法醫手持鉗子，多次沒能成功夾起肌肉的切口，露出和日光燈一樣冰冷的神情。

「你不是已經提出派工單了嗎？」

「那東西我早在梅雨季前就交出了，現在都冬天了。」

根據報告書記載，解剖台上這名女性，是五十二歲的紅色市民。這表示她的配偶是非政府機關的一般下級企業員工，她是被扶養人。

這名婦女上星期在自家廚房腦溢血病發，被送往醫院後，經值班的醫生觸診，認定有「違反操作制約」的嫌疑，加以通報。斯金納部❹立即下令進行X光的精密檢查，為了確認其胃部的內容物，特於今天解剖取出。

由於身體中心線從胸口到恥骨一帶被一刀劃開，所以她那宛如老舊橡皮般硬化凹陷的乳房垂向兩側，讓人聯想到因爲拉鍊故障而開口笑的廉價袋子。

明年就退休的法醫，甩動著白髮，就像在撿拾掉進水溝裡的硬幣般，翻動這名婦女的胃部。

「雖是個老太太，但胃部組織的肌肉倒是很健康。」

雖以開口器撐開切口部位，但螺絲卻出了問題，使得切口最後緩緩闔上。法醫手肘以下一片鮮紅，他以手臂側面按住腹部肌肉，以鉗子朝裡頭四處戳刺。

像這種必需品欠缺的情形，不光是這間解剖室才有，整個帝國隨處可見，不過，如今大家似乎都已視爲常態，見怪不怪了。

應該說，只要斯金納部不修訂操作制約，就沒辦法有任何意見，誰也無法插手。

「你平時的那名助手呢？」

「去修習操作制約了。因爲他的孩子已經大四，父母得幫忙。」

哦，原來如此，我點了點頭，朝另一側點了根菸。院內能抽菸的地方就只有這裡。另一頭的牆邊也擺滿了解剖台，每張解剖台上的遺體都依序等著解剖。

——最近自殺的人相當多。

法醫放完第三個響屁後，以愉快的口吻朗聲道：「應該就是這個了，隊長。」

沾滿鮮血與消化液的圓形紙片，在腎形盆上發出一聲清響。我把臉湊近一看，法醫就像是要用白蘭地酒煮料理般，動作誇張地朝腎形盆內的獵物淋上生理食鹽水，沖去那凝固成果凍狀的血糊。

紙片裡有幅畫。

❹註：斯金納部是虛構的政府部門，但斯金納卻是一位心理學家的名字，全名爲Burrhus Frederic Skinner，他與操作制約的研究有關。

「是畫家魯本斯的作品吧？」

法醫如此說道，等候我進一步確認。

「嗯，沒錯。只不過，材質不是以前那種塑膠加工品。」

「因爲這和他們以前所用的東西用途不同。」法醫對我的看法加以補充。「也就是說，以前的墮術者是因爲喜愛墮術，所以才使用不管藏在水中、土中、牆壁裡，都不易腐蝕的塑膠或不鏽鋼，當中甚至有的以金或銀作爲材質。」

我頷首。

「不過，最近趨勢有些改變。他們爲了避免被人察覺，學會用吞食的方式，以求墮術與自己的身心合爲一體。所以就他們來說，儘管多少會有點腐蝕，但卻不會排出體外，這才是他們的著眼點。你看這個，材質是木頭。這個女人應該是在某個時間，將這塊用心繪製了魯本斯名畫的木片，吞進了肚裡。後來運氣不好，形成腫瘤，被醫生觸診給察覺到了。就算她不是死於腦溢血，也很可能會死於胃癌。因爲她不可能接受手術治療。」

法醫將木片放進分析裝置中，按下開關。

連接那項裝置的螢幕亮燈後，便開始分析木片的材質與圖畫。裝置本身雖然和其他用品一樣老舊，但線路前端連接的積體電路，卻直接連接操作制約部最先進的電腦。等沒幾秒，告知這幅畫識別結果的「identification」閃爍著，畫名《Die Kreuzerhöhung》出現在螢幕上。

法醫長長地嗯了一聲。

接著整個螢幕畫面映出魯本斯畫的《上十字架》。

「宗教畫這玩意兒眞是黑心。」

告知分析結束的間斷響聲持續鳴響，法醫以沾滿血的手套取出老花眼鏡，念著印出的資料。

「笨蛋。那個木片好像是用白蠟樹做成的。」

「那很危險呢。」

「白蠟樹本身沒有問題，但會因爲生長環境而吸收天然的致癌物黃麴毒素。一旦這些物質被吸收，便會在相互作用下引發惡疾。木材的加工業者都具有這些常識。想必是沒有選擇的餘地吧……」

「爲什麼？」

「因爲其他材質排出體外的機率比較高。白蠟樹的樹皮長有細刺，會纏住肉壁。老太太死也不願離開她的魯本斯和基督教。」

語畢，法醫背對著我，利落地拆下橡皮手套，發出啪嚓啪嚓的聲響。

「調查得眞徹底呢。」

竹見一如平時，一面挖著鼻孔，一面在室內來回踱步。他專心時，會無意識地挖起鼻孔，這已成了他的習慣。他總愛說這是當初修習初等操作制約時，老師沒處理好所致，而且逢人便說。但他給人的不舒服感，並不會因此而減少分毫。

「對象有丈夫和一名二十八歲的女兒，他們肯定也違反操作制約。」

他一面踱步，一面享受長靴鞋跟發出的響聲。竹見走路故意不彎曲膝蓋，並非操作制約的緣故，而是他個人的嗜好。

「你行不行？」

竹見說出他的口頭禪。他視爲理所當然的諂媚阿諛，從我的態度中卻看不出分毫，感覺得出他對此頗爲不悅，不過話說回來，他總愛拿我和他的資歷做比較，會有這種想法，主要是他自己的個性使然。

他認爲我是仗著父親的豐功偉業，才得以一再升官。

「你行不行？」

「我會好好執行。」

「在最糟的情況下，只要準備好舞台，便可採取各種處置手段。」

當他說出「最糟的情況」這句話時，大都表示情況眞的很糟。他所說的舞台，指的是依據臆測或是現場的證據，來逮捕對方。處置手段，則是指當事人不在場，現場會陸續出現許多物證，也就是捏造證據。

「我會好好執行，以我父親之名……」

我離開房間時，聽到一個不屑的聲音說道：「竟然還說以我父親之名……」

迎我入內的女子，有一頭烏黑秀髮，和一對水亮的綠色眼珠。

「家父剛好到街上去準備葬禮的事。」

女子確認過我的身分證後，臉上明顯出現不安之色。

她帶我走進這棟木造房，裡頭擺設質樸，不見任何現代化的裝飾，家具也全都是木頭打造。

「請用。」

我拿起放在桌上的杯子，啜飲了一口，香草的香氣在唇齒間瀰漫。

「家裡有電視嗎？」

「沒有。」

「有網路嗎？」

「我家連電腦也沒有。」

我沉默無語。

「強化物的變更，我們都是靠收音機廣播來確認。」

「NHK教育台對吧。」

女子頷首，她也拿起杯子喝了一口。

這時，我見她微微一笑，感到有些驚訝。

「可否讓我看一下操作制約記錄簿？」

當然了，斯金納部已確認過資料，但還是必須親眼檢查一下實物。

根據資料顯示，沒有任何問題。

「請過目。」女子從一座由錫板製成，上頭以小洞打成花朵圖案的櫃子裡，取出三本紅色的手冊。果然如我所料，修習經歷和斯金納部調查的結果相同，完美沒有瑕疵。上頭還附有實技指導者「斯金納官」的簽名。我從口袋裡取出筆型手電筒，以認證光照向上面的資料，看來並非偽造。

「我父母一直是很忠誠的操作制約信奉者。」

女子轉頭望向牆邊，那裡有地區部長頒發鼓勵獎的匾額，以及刻有一句英國作家赫伯特．喬治．威爾斯的名言「科學比藝術更能拯救世界」的金屬板，據說那是斯金納部長最愛引用的格言。

「府上的擺設相當質樸。是從什麼時候開始？」

「從很久以前就是這樣。」

「那煮飯呢？該不會是用那口爐灶吧？」

「正是。」

「用木柴生火嗎？」

「家父和我會先準備好。」

我聞言後無言以對。雖然質樸，卻感覺相當溫馨。他們非但不會覺得不便，甚至還樂在其中。他們的生活共通點，便是明顯具有反抗操作制約的特質，展現出潛在分子的威脅性。

「最好能多接觸市街……多接觸文明，否則後續的操作制約修習會有困難。」

女子迎面正視著我。

沉默。

「家母是墮術者對吧。」

我一面感受女子凝視我的眼神，一面取出塑膠袋，放在她看得見的位置。袋子內的木板碰觸柚木桌面，發出與腎形盆迥然不同的聲響。

「這是從她胃裡發現的東西。」

在切成圓形的空間中，膚色白皙的耶穌緊握釘入他掌心的木釘，被一群臉上帶有冷酷與哀傷之色的壯漢架起。受丁托列托影響的構圖，米開朗基羅的生動感，全都清楚呈現在畫中人物的肌肉曲線上，此乃畫王魯本斯的著名傑作，而這塊木片也複製得相當精妙。

女子大爲吃驚。口中殘留的香草芬芳傳入我鼻端。

「她爲什麼這麼做？」

「我們也正在調查。」

她碧綠的眼珠噙著淚水。那翡翠色的虹膜有一道黑線，位於中心的黑點正朝向我。女子雙手交握置於桌上，握得很緊。

「我也是你們調查的對象吧。」

「當然，令尊也是。」

女子的雙唇緊閉，似乎正緊咬著嘴唇。珍珠般的皓齒，正極力壓抑紅唇的戰慄。穿著黑色毛衣的前胸緩緩起伏。

「家母是個很了不起的人。我很愛她。」

現場四度陷入沉默。

這時我才聽見屋內鐘擺的滴答聲。

可見我剛才情緒過於激昂。

「對了，這樣的話題，妳應該早就聽膩了吧。」

女子終於抬起頭來。

和過去我見過的其他對象一樣，她也在尋求某人的拯救和答案。

「重要的是功能，我們絕不能再讓那樣的悲劇重演。」

「您說得是，」女子如此說道，解開長髮。她那頭烏黑秀髮猶如打翻的墨汁，從她的粉頸一路流向雙肩，就此停住。

我和她簡單寒暄了幾句，坐進車內。在她家門前迴轉後，透過後照鏡，我看見女子站在窗邊目送我離去。

她微微揮著手。

我與數以千計的對象見過面，她是第一個這樣對我的人。

香音——這是她的名字。

斯金納部約莫創立於六十年前。二十一世紀後半，包含國境、領土等問題在內，人們開始質疑舊國家體制的存在方式，在中國共產黨政權垮台的契機下，世界各地誕生了數百萬到數千萬的生活集團，不再仰賴以亞洲圈爲核心的國家。當初它們在亞洲的動力下，以全新的生活方式相互融合，當中蘊含了希望的含義，人們稱之爲「諾瓦」以及「諾瓦將」。但隨著母集團的日益壯大，有的「諾瓦」與擁有全球規模設施的超級企業體結合，成爲「諾瓦康」。「諾瓦」與「諾瓦康」之間的紛爭，在北美大陸引發黑死病大流行時，戰況愈演愈烈，最後人類終於爆發了第三次世界大戰。

戰後倖存的少數人，爲了不再重蹈覆轍，不斷努力摸索。

最後，一群賢人創造出新的思想，認爲「人類此等物種，是會犯錯的生物」，這是現今一切哲學的源頭，並成爲法律，支配全體人類。結論是——人類此等物種最後一定會做出錯誤的行動，所以沒有未來可言，若是放任不管，不久的將來人類會自我毀滅，而存活的昆蟲和黏菌則是昂首闊步，稱霸世界。

爲了阻止此種結果發生，人類必須「從當下開始」具備超越物種的能力。提出這項主張的，是人稱「斯金納」的心理學家組織，他們透過語言和問卷來操縱各個軍閥和財閥，大權在握。人類很幸運，斯金納這群人完全不是以私利私欲爲出發點。他們徹底研究人類這種實驗動物，最後提出結論。

他們可以輕易地命豬隻打掃，讓鴿子管理戰略型飛彈的發射鈕。

一切都歸功於操作制約這種魔法般的技術。

「人類之所以會受邪惡欲望的慫恿、學會壞習慣、對有破壞性的風俗奉行不二，都是因爲沒接受操作制約。不合邏輯的行爲須以操作制約來導正，藉此，人類此等物種才能得到他們無法擁有的所羅門王指環——亦即自制心。」

在這樣的口號下，堪稱是斯金納部前身的行動工學廳，開始積極對民眾進行操作制約。

從每天早上的生活習慣，乃至於飲食習慣、工作態度、社會人的生活規律、道德、奉獻、與家人的應對、戀愛、性生活、癖好等等，約莫百分之八十的領域都進行徹底的操作制約，不符規定者終生都無法從操作制約中解脫，所以甚至有人說「操作制約無人能幸免」，它管理得極爲徹底，遍布社會各角落。

實際的操作制約非常單純，認爲是對的行爲就給予褒獎，不對的行爲則給予嚴懲，至於什麼才是對的，則一律由國家（斯金納部）決定。如今操作制約已成爲國策，在近幾年的研究中，出生後三個月的嬰兒便開始安排計劃，他們這第一期的操作制約寶寶，明年便會進小學就讀。走到這一步，大家都認爲人類若不接受操作制約，絕對無法生存。

事實上，強姦幼童的性犯罪者，已在操作制約的強化下，成爲托兒所的娃娃車司機，終生克盡職責，對於縱火或偷竊的慣犯，操作制約也能完美地發揮作用。當中也有人是聽聞這樣的現象後，爲了矯正自己的缺點，主動接受操作制約，而斯金納部也一直很積極地培育優秀的操作制約幹部。

然而，它是否一切萬能呢？其實不然。操作制約原本是使用俗稱強化物的「食物」，以及在無意識下導向目標行動的二次刺激，但若是在一定的期間內沒有反應，行爲便會被消除。換言之，一旦強化的習慣，倘若始終沒得到回報，便會消除。因此，他們開發了「變動比率計劃」。也就是說，每三次拉一下拉桿便給予回報的習慣，若是過了三次仍不給食物，亦即停止回報，則對象的此種行爲便會消除。然而，若是將每三次給一次食物，改成每五次給一次，甚至是每十次給一次，則對象非但不會停止拉拉桿的動作，甚至還會不斷地拉，直到回報出現爲止。我們身邊就有個很常見的例子，比起固定每三次回一封信的情人，總是不定時回信、薄情寡意的情人，反而會讓人持續想和他聯絡。此外，中大獎的間隔變動非常劇烈的股票和賭博，反而會讓人上癮，這樣的情形和它多少有些關聯。

斯金納部就是以此爲基礎，來對人類進行分析、管理。

但唯獨有件事令他們莫可奈何。

那就是「藝術」。

約莫從三十年前便有統計數據指出，昔日統稱藝術的這一連串作品，其實會對操作制約造成阻礙。當初此事只被視爲謠傳，但某日，斯金納部第一任部長在護衛們的保護下，從住宿飯店坐進禮賓車時，遭到襲擊。當時的情形，經現場的媒體群傳送至全球，帶給世人相當的震撼，但更震撼的是，犯案的這名男子去年才以優良操作制約者的身分，由這名部長親自表揚。

他的操作制約已深入至潛意識最底層的第五等級，將惡習完全根除。

根據調查，這名青年的操作制約於幾個月前開始鬆脫，後來經由心理剖析查明，得知原因在於他收藏了大量的「戈雅」複製畫，對此非常偏愛。當時各地襲擊事件頻傳，認定是受此影響，其中甚至陸續有人想藉由「藝術」來解除操作制約。政府認爲事態嚴重，發布緊急事態宣言，並頒布暫定的罰則，凡是有意消除操作制約者，不論任何理由，一律監禁三十年。

斯金納部立即針對「藝術」對操作制約的影響展開徹底調查。部分的行動工學人員甚至開心地說，許久未遇見如此具挑戰性的難題，足見斯金納部執行這項工作時投入的程度，可說是洞燭入微。之後多次修改報告的結果，斯金納部終於在事件發生的三年後提出聲明，決定人們對「藝術」抱持的態度。

「以往的『藝術』中，有些就像毒品般，會嚴重改變人們的潛在意識。其發作時間因人而異，雖然不會一律成爲操作制約的反抗因子，但若是站在長遠的眼光來看，此種不確定因素最好加以排除，考量到它日後對子孫的莫大影響，我們只能視其爲舊時代的負面遺產，徹底與之揮別。」

斯金納部發表此種聲明，實際上，它成了殲滅舊藝術的宣言。

斯金納部立即要求立法院修憲，不到半年便施行「禁藝法」這項藝術禁令，規定不論眞品還是複製品，任何人皆不得藏匿、隱匿、閱覽。

從那時候起，人們連同新的強化物一起附帶新的操作制約展開學習，只要接受過操作制約的人一碰觸昔日的藝術作品，既有的操作制約便會馬上消除，因而發瘋、精神錯亂，當然了，已修習過操作制約的人無法對此產生質疑。

十年後，舊世界的「藝術」已帶有使人類墮落的意涵，在新世界裡，除了斯金納部製作獎勵的藝術外，統稱「墮術」，如今若有人敢隱匿包藏，會遭受重罰。

同一時間，負責掃蕩這些罪犯的特務機關「OPERANT」也就此成立。

「就要素來說，已充分值得懷疑。」

竹見對我的報告書看不到五秒，便往桌上一丟。

「我同意，他們身爲關係人，當然有必要審訊調查。」

「你能徹底調查嗎？」

「徹底？」

「沒錯。我的意思是，你能否抱持某種確信的態度，來處理這件事。」

「我會按照步驟來處理。審訊調查後，我會印證他們的證辭。當事人的修習記錄無誤，而且也有當地負責的斯金納官提出的報告，說明修習效果良好。」

竹見將手指插進鼻孔。

挖了兩、三下後，他用那挖過鼻孔的手指拿起我的報告書，就像拿起什麼骯髒的東西一般。

「這種事，墮術者最會僞裝了。最近好像有一種新型手術，從自律神經做改變，看起來就像接受過操作制約一樣。我也曾親眼見過能靠自己的意志力控制聽覺反應的墮術者。他們非常精明，他們的偏愛所產生的力量，有時會超乎你的想像。那些鄉下斯金納官審核的功力，就像撈金魚用的紙撈網，很容易突破。」

「我會仔細調查。不過，我想等對方母親的葬禮結束後再辦。」

「沒這個必要。如果是墮術者，就得馬上逮捕，而且必須立即著手打入他們的地下組織。」

「我認爲還沒到那個階段。如果取消葬禮，把對方逼急了，反而無法打進他們的圈子裡……這是指他們爲墮術者的情況，或許他們會因而發現我們是很認眞在追查這件事。如此一來，也許又會使出斷尾求生的做法。」

我明白竹見的焦急。他在「OPERANT」裡，幾乎沒有任何實務經驗，純粹是靠一位在斯金納部當高官的遠親，才爬上今天的位子。但升官三年半，他只會利用操作制約奪取部下的功績，自己卻完全展現不出任何出色的成果。接下來的半年，這種情況要是再繼續下去，我們兩人的立場會互換，我將掌握他的操作制約。

斯金納部管理的世界，完全不講情面。

早上是老師，傍晚卻成了徒弟，這是理所當然的事，就連兒子也一樣，只要有需要，就算要葬送自己父親的社會地位，也不過像拂去鞋子上的灰塵一樣，不會有絲毫躊躇。

「人類沒有恐懼或感情的存在，有的只是皮膚的電磁反應與二・二伏特的不隨意肌震動。」這是操作制約的絕對戒律。

「要抱持某種確信的態度，徹底執行。」

「好。」

我沒說出下屬應有的台詞，竹見旋即取出分別由琥珀、翡翠、蛋白石打造的烏龜雕刻，在桌上擺成三角形。每隻烏龜背後分別刻有「卍、≡、◇」的黑色符號。

那是黑色官吏使用的操作制約256。

我看到這種玩具，內心開始微微麻痺，臉頰緩緩放鬆，同時心中對竹見湧現一股親愛之情，完全無法抗拒。雖然我百般不願，還是對竹見露出微笑。當我的微笑結束時，對竹見的厭惡感也隨之消失。

「明天將他們帶往矯正所，從內心去瓦解他們的防備。」

竹見從桌子底下取出我母親生前為我烤烘的瑪德蓮蛋糕複製品。

那是根據我的記憶完全重現的物品，是操作制約的「食物」。

我用力點頭。

前來迎接我的香音，和前幾天一樣，穿著一件黑色毛衣。

她父親站在背後，雙眼凹陷，臉色與死人無異。應該是有其他人對香音的父親進行審訊，他看起來似乎頗為疲憊。我懷疑竹見是否指示手下對他進行藥物偵訊。

在車內，沒人開口說話。

我專心開車，他們兩人則是握著彼此的手，朝車窗外的風景張望。

他們甚至沒問我要去哪裡。

想必他們早已心裡有數，明白就算問出答案，也改變不了現況。

不過，來到矯正所的營門前，香音的父親發出「唉」的一聲長嘆。

我聽聞他這聲長嘆，心想「果然還是應該由我來對他們執行這項勤務」，這股確信隨著淡淡的落寞化為疙瘩，自心中油然而生。

矯正所為地上三樓、地下二十樓的建築。以鈦合金包覆的建築來說，它可說是全球最具規模的代表，它內部可阻絕軍事衛星的一切聲音探測和光學探測。此外，只要是矯正所內的職員，一律接受操作制約世襲制；成爲職員的人，是由第二次成長期的操作制約效果來挑選，再從中考量性格特質及資歷，加以培育。他們會直接繼承退休人員的操作制約，不論個人生平或個性，對社會或是對私人，都將完全取代。

「這位是q3，是名墮術者。」

所內負責說明的女性職員，帶領我們走在長廊上，笑容滿面地轉頭面向我們。

我第二十二次造訪的透明牆壁對面，有一名老人，模樣和之前一樣，神情專注地將設在牆上的堅固拉桿往下拉。牆上有個電子告示板。上面顯示著「315361937」，每次來看，數字都會增加。

「他這十年來，幾乎都是以昏倒來代替睡眠，清醒的時候總是不斷拉著拉桿。他的『食物』是營養口糧。是當初他在戰地裡九死一生之際，第一口吃到的食物。這當然就成了他的變動比率計劃。他每拉一次拉桿，便會傳送三到五瓦的電力給猶那太河地區第三街區的一七五四蓄電器。」

就像是要證實這項說明般，老人手臂的肌肉鼓起，如橡樹般壯碩。

香音的父親臉色極度蒼白，接著轉爲青黑，香音則是反胃想吐，極力強忍，伸手撫著胸口，頻頻深呼吸。

原因很簡單。因爲不只眼前這名老人，他們一路上看到的受刑人，個個都赤身露體，除了慣用的手臂外，其他一律切除，模樣就像一顆插著箭的圓球。他們被固定在排便用的箱子裡，就此放著不管。披頭散髮，從不洗澡，僅存的手臂留著像紙繩般尖細的指甲。

眼前的不是人，而是「有血肉的機械」。

負責帶路的職員也許接獲指令刻意展示，只見她按下我們面前的按鈕。這時，電子告示板上的數字突然重新設定「歸零」。

老人發出從未聽過的叫喊，接著他從拉桿上鬆手，朝自己的頭髮扯了兩、三下後，又再度恢復拉拉桿的行爲。老人的性器就像垂死的鰻魚般搖晃，撞向金屬箱子的外緣，香音見狀微微發出一聲驚呼。

「插個題外話，q3是我的伯父。模樣很蠢對吧？」

那名女職員送我們離開時，臉上浮現完美的笑容，若無其事地如此說道。

事後，我送他們兩人返家。抵達家門後，他們兩人逃也似地奔進屋內。我在原地停車逗留了一會兒，注視著他們家的窗戶，但始終不見香音露臉。

「我們已聽聞你的傑出表現。令尊在天之靈，想必也會替你高興。」

隔天，斯金納部召我前去。對方是我父親的摯友，同時也是高層幹部之一。斯金納部一般鮮少會以這種形式召見。

經過一番簡單的寒暄後，這位幹部沉默不語。我一時感到不安，擔心我是否得奉命逮捕香音，不過，這種程度的案件，高層幹部從未親自下達指示。

「其實我有事要和你商量。」這名幹部以經過精細調音的聲音說道。那是接受過超乎想像的訓練才有的聲音。唯有掌握行政最高機關的精神行動學者，才擁有此種能打開人們心鎖的聲音。

「此事說來有點唐突，你對CIC有興趣吧？我想推薦你加入。」

我一時懷疑是自己聽錯了。儘管父親以前是名很優秀的OPERANT官，但想到他是在任職期間自殺身亡，我便不敢相信自己會被舉薦至CIC。

「我……」

那名幹部看我支支吾吾，先是莞爾一笑，接著沉穩地說道：「的確，你父親的事，可能會對舉薦你至CIC有所阻礙。不過，我對完全採用以往那種死板的選拔法，有些意見。不論是資質、實力，還是見識，你都有充分的實力足以成爲CIC的一員。我很希望借重你的長才。」

所謂的CIC，是人稱「OPERANT」良心的精銳部隊，其活動自然是機密，就連成員的姓名、性別，也都完全保密。OPERANT官就不必提了，據說就連斯金納部，也只有極少數的幹部才知道其相關的情報。

我沉默不語，不知爲何，此刻我腦中想到了竹見和香音。

「你考慮得如何？」這位幹部以誘人同意的聲音向我問道。

「我有這個能力嗎……？」

「CIC是在成立CIC之後，才有眞正的CIC，這件事你沒聽說過吧？而且，我希望你能有傑出的表現，親手抹除你父親所犯的瑕疵。他是我無可取代的摯友呢。」

我告訴他，我需要一些時間考慮，他莞爾一笑，對我點點頭。

那是答案已了然於胸的笑臉。

我父親是名優秀的OPERANT官。他一生所逮捕的墮術者多達三千餘人。他的綽號叫「OPERANT的地獄犬」，令人聞風喪膽。儘管如此，他對家人而言，卻是個和藹、可靠、充滿慈愛的父親。我從小便耳聞墮術的可怕。像父親這樣的人，卻也在母親病逝後，突然變得懦弱。後來我長大成人，爲了和父親一樣，成爲一名OPERANT官，我進入養成所進修。而就在我隔月順利當上OPERANT官時，父親卻趁我不在家，於書房內朝自己胸口開槍自裁。

結束斯金納部的會面後，我回到家中，走進父親自殺的書房內。雖然只是小小一間獨棟的房子，但供我獨居已綽綽有餘。每當我有事沉思，總會來這間書房，坐在父親的椅子上。父親的聲音在我耳邊響起。後來我才知道，父親從我母親過世之前，便開始解除我的操作制約。其原因的開端在於我母親，最後則是由父親終結。

我母親是名墮術者。我不知道她是從什麼時候開始。不過，她熱愛藝術，爲了能和丈夫分享，她花了二十多年的漫長歲月，以低調的方式對父親進行重新教育。她的重新教育採潛移默化的方式，執行得相當徹底，我父親在無意識中被解除了操作制約。父親是在母親病入膏肓後，才明白她的眞實身分。因爲愛她，所以父親選擇原諒。而他也因此明白，資質並無過人之處的他，爲何能逮捕那麼多墮術者。因爲父親在不知不覺中，與他們擁有同樣的感受。至少，對那些喜歡舊藝術的人們共通的特性，他應該比任何一位OPERANT官都還要敏銳。能比別人早一步察覺自己的同類，並不足爲奇。

母親說出的祕密所帶來的沉重壓力，以及父親原諒母親後，對那些墮術者產生的罪惡感，令他內心備受煎熬。而母親的死，更是讓心力交瘁的父親走上末路的最後關鍵。我在整理父親遺物時，從槍柄上的隱藏暗號發現，打開書房的地板，裡頭有個祕密倉庫，底下放有父親整理好的自白筆記，可說是他眞正的遺書，我已全部看過。父親還在裡頭收藏了母親最鍾愛的舊藝術品。還記得我初次目睹時，心中湧現一股難以言喻的感動。它們全都是眞品。

父親冒著生命危險保存的這些藝術品，令我大受震撼，那都是稀世珍品，足以讓我下定決心，要承繼他們那近乎祈禱的情感。

沒錯，我也是一名墮術者。

隔天下午，竹見從他家打電話給我，要我去香音家中，帶她去參觀普拉尼區的淨火祭。

「請徹底誘發她的反應。我已經在現場安排好記錄員。」

竹見在心裡盤算，即便用盡各種手段，也要將香音和她父親問罪，所以用諂媚的口吻向我如此說道。

我完全不當一回事。

淨火祭一如其字面的含義，是在某幾個廣場上，焚燒從市區沒收來的墮術所舉行的儀式，居民有義務全員參加。我前往香音家中，但沒人應門。應該已事先和他們聯絡過，由此研判，他們不是湊巧外出。倘若是逃亡，對她而言，可說是最糟的情況。我開始思考該如何用我自己的方式來處置香音。

當我確認她和我母親一樣是藝術愛好者時，我很想向她道出心中的計劃。我會判定她證據不足，慢慢將搜查的重點轉往其他方面。讓她同意自己選一處矯正所的操作制約強化機關，展開數月的修習。當她完全修習結束時，我將她帶回，與她訂婚。之後再找機會慢慢解除操作制約，也許會花很長的時間，但這是最安全的做法。

問題在於她是否能下定決心，暫時捨棄這些舊藝術。墮術者當中，很多人都過於狂熱。更何況她母親是以那種形式信奉，想必她也不會如此輕易捨棄。但若不這麼做，我將就此失去她。這是我最不樂見的結果。

香音與她父親在後院的旱田裡。他們的模樣令我看得目瞪口呆。他們在自己的田地裡祈禱，香音的父親將鋤頭插在地上，一身農夫裝扮，帽子擺在胸前，香音同樣一身農婦的穿著，站在木造的拖車前，紅色的衣袖交握於胸前。她腳下有個籃子。西傾的夕陽，以紅光照耀著他們兩人，形成一幅如畫的美景。

可怕的是，他們兩人的模樣，正是農婦畫家米勒的名作《晚鐘》。此舉也許是向已逝的母親祈禱，但是在OPERANT官的緊密監視下，他們竟然還自己讓這幅名畫的畫面重現，行徑實在瘋狂。

我啞然無語，步履蹣跚地走回車上，靜靜等候他們回到屋內。

淨火祭會在日暮時分舉行。廣場中央堆積如山的舊美術品，飄來一陣刺鼻的燈油臭味。

「我討厭淨火祭。」
「妳這樣說很危險哦。」
香音已換上那件黑色毛衣，和第一次與我見面時一樣。
「火無法創造任何東西，只會留下灰燼，家母很快也會變成那樣。」
不久，主辦人神情愉悅地上台致辭，接著來賓上場，說得口沫橫飛，煽動大家糾舉墮術者，博得會場眾人的如雷掌聲。
我在現場發現十多名監視者。
他們融入群眾當中，穿著和他們同樣的服裝，但眼神和拍照的手法，與一般人不同。一般人的目光皆被舊藝術的淨化之火所吸引，所以絕不會像他們一樣，仔細打量每個人，四處環視。
我一看便明白，竹見打算以香音的現場反應，來作爲逮捕她的藉口。
不久就會像昔日燒殺女巫或是納粹焚書一樣，丟入點燃的火把，就此展開淨火。如今舉發舊藝術的工作已進行了很長一段時間，眼前那堆積如山的藝術品，可說都是複製品，值得慶幸。莫內、魯本斯、畢卡索、達利、馬蒂斯、林布蘭、克爾特神話的手抄本、莫札特的樂譜、浮世繪，每當司儀朗讀那瓦礫堆裡的物品，民眾便高聲歡呼，朝火焰吐口水。
我發現有一架望遠鏡正在捕捉香音的表情。
香音注視著火焰，臉上神情冷若冰霜，與燒炙肌膚的烈火形成強烈對比。我必須一再地搖晃她，提醒她微笑，不能展現出深受打擊的模樣。

「注意！蒞臨這場盛會的各位來賓！今晚將得以一睹墮美術的罪魁。這是目前世界僅存的眞品。各位就仔細欣賞它那醜陋的模樣，讓它就此化爲灰燼吧！請看狂人愛彌爾．賈列晚年的濫造之作《手》。」

隨著民眾的一陣譁然，官員單手拎起賈列的玻璃作品，好讓眾人都能清楚看見。周遭的人們突然開始對作者和這項作品厲聲咒罵。

香音一把抓住我的手。她雙眼緊盯著賈列的作品，雙眸閃著淚光，指甲幾欲掐進我的皮肉裡。

那架望遠鏡仍然緊盯著香音。

不久，那名官員就像在丟保齡球似地，把那項作品拋進烈火中，這時，周遭的人們紛紛鼓掌叫好。

香音開始淚水盈眶。我想遮住她，不讓望遠鏡看到，但如果我這麼做，我們將陷於萬劫不復之地。此刻我絕不能動。我向上帝祈禱，請求香音不要流下淚來。留在她眼眶上的淚珠，正搖搖欲墜。只要再有動作，它便會順著臉頰滑落。不論是誰，只要望著墮術的淨火流淚，便是自殺的行爲。

驀地傳來咻的一聲，煙火打向高空。

就在這時候，香音嘆了口氣。我定睛一看，她已收起淚水。也許是察覺到我的擔心，香音朝我嫣然一笑，但看在我眼裡，卻覺得那是張哭喪的臉。

一星期後，竹見給我一份文件，命我隔天安排一齣逮捕的戲碼。

是香音的逮捕令。

「這是怎麼回事？」

「她父親已經招認了。果然不出我所料，他們一家似乎都是墮術信奉者。」

竹見在一旁吹噓，說他集中偵訊那名父親，果然壓對寶了。

「天下哪有出賣自己孩子的父親。是不是哪裡弄錯了？」

「這沒什麼。聽說那個女孩是個棄嬰，他們本來就沒有血緣關係。他提出交換條件，希望我們別送他去矯正所，改送一般監獄，就這樣出賣了自己的女兒。如果你不信，可以自己直接去問他，他就在隔壁。」

那名父親坐在椅子上，頹然垂首。

「你打算讓你女兒背黑鍋是嗎？」

他聽我這麼問，紅著雙眼點了點頭。

「我……我害怕。一輩子待在那種地方拉拉桿，一直到死……我光想就快發瘋了。」

「看來，你已經瘋了。我看了都想吐。」

那名父親聞言，開始號啕大哭。我走出房間後，著手辦理逮捕手續。這是我現在唯一該做的事。這一刻終於來了。香音此刻可能什麼也不知道，還在家裡等著父親返家吧。她不知道，今天是她最後一天保有人類的模樣。

當我辦完手續，來到走廊時，四周莫名地喧鬧。我趨前一看，一名利用廁所的橫梁上吊自殺的男子，正被人卸下。是香音的養父。

「香音！」我衝進屋內時，香音人不在室內。「香音！」我再次放聲叫喚。這時，我發現浴室旁邊的牆壁底下，有光線逸出。

我用力一推，牆壁登時移向一旁。那是仿照牆壁打造的拉門。拉門前方有座樓梯，一路通往地下。我順著嘎吱作響的樓梯緩緩往下走。左手邊有一處寬廣的空間。如果香音和她養父一樣選擇上吊的話，一定就在這裡。

「香音，」沒有回應。我走完階梯，往內窺望。

眼前羅列的，有達文西的蒙娜麗莎，以及雷諾瓦、尤特里羅、塞尚、維拉斯蓋茲等人的名畫。

「竟然有這種事……」我爲之驚嘆。

「這些全都是眞品。」

香音在這些名作中央立起畫架，一手拿調色盤，一手揮動畫筆。畫架上放著一張約莫六十號大的畫布。

她正在修飾那幅畫。

我的肖像畫。

「家父被逮捕了對吧。」

「令尊也供出了妳，我準備明天前來逮捕妳。」

「這樣啊……可是，你來得也太早了。」
香音連看也不看我一眼，仍舊面向畫布。
「我不想逮捕妳。」
我擋在香音與畫布中間，正面凝望著她。
她那翡翠色的虹膜，在燈泡的光線照耀下，閃過一道光芒。
「我們逃走吧。」
香音冷笑一聲，搖了搖頭。
「沒用的，我才不想逃呢。」
「妳什麼都不懂。矯正所有多可怕，妳不是也曾親眼見識過嗎？」
「我要待在這裡。我正在畫我愛的人，我要完成它，只要能完成它，日後不管發生什麼事，我都無悔。」
語畢，香音凝視著我。她雙眸滿是慈愛，令我想起母親慈祥的雙眸。
「我們逃走吧……」
「不必了，我不想把你也捲進來。」
香音的纖纖玉指輕撫著我的臉。
「我無所謂。我們兩人一起走，應該會有辦法的。」
「不可能。我們兩人有太大的差異。我沒有接受操作制約。」香音眼中落下一顆淚珠。
它緩緩沿著香音的鵝蛋臉，流向下巴。「我們不會有結果的。」

「我也是名墮術者。」

香音臉上籠罩著一層黑霧。

「你在開玩笑吧？你不是OPERANT官嗎？」

「我才沒開玩笑呢。我從家父那裡得知墮術，家父則是從家母那裡得知。家父是名優秀的OPERANT官，但那是因爲他很清楚墮術者心理的緣故。」

「竟然有這種事……」

香音手摀著嘴，從我身邊遠離。

「竟然有這種事！」

同一時間，有許多聲音從周遭的牆壁傳來。

我轉頭一看，這才發現自己已被藏身在四周的OPERANT官包圍。

「你果然是耍詐。」

竹見緩緩現身。

「……這樣的結果，眞是令人遺憾。」

要舉薦我到CIC的高層幹部也一起現身。

「香音……」

香音在我的叫喚下轉頭，眼前已不是我所認識的香音。

「她叫羅蓮．蔻嘉，是CIC的調查官，辦事能力一流。雖然年紀尙輕，但在我的部下當中，成績卻是數一數二的。」香音的養父身穿制服，站在她身旁。

他說完後，香音向我出示自己的身分證，裡頭有表示上級官員身分的銀色斯金納箱型紋章。

「CIC是祕密偵查部隊，專門取締OPERANT官違法犯紀的行爲。」

那名高層幹部一臉悲傷難耐的神情，搖了搖頭，從牆壁後面的出口離去。

「我果然沒看錯，是我覺得他行徑古怪，才建議CIC介入調查的。」

竹見緊跟在他背後離去。

當我感覺到雙手沉甸甸的手銬時，好在替我上手銬的人不是香音，令我鬆了口氣。

香音雙手環抱上臂，就像摟著自己似地，注視著我。

她穿黑色毛衣相當好看。

「爲什麼我會對妳一見鍾情？」

這時，香音豎起手指伸進右眼，取下一張薄皮。她指尖捏著翡翠色的眼瞳，此刻眼中出現的是黑色的虹膜。

「翡翠再加上三條黑線，不就是你的操作制約嗎？難道你忘了？」

香音將隱形眼鏡丟向腳邊。

「妳要完成它嗎？」我在OPERANT官的催促下，正欲走出房外時，轉頭望向香音如此問道。

她一腳踢破那幅肖像畫，以此代替回答。

蛋男

卵男

「黑暗中有血的味道……」

我話一說完，便傳來二〇五號倒抽口氣的聲音。

「你不覺得嗎？你也不要老蹲著，應該試著體會黑暗角落的味道。」

……傳來一陣啜泣聲。都已經待過兩個冬季了，這傢伙還是沒半點長進。

「唉……眞受不了。」

熟悉的誦經聲。只要我不開口罵人，或是睡魔碰巧造訪這個房間，朝他耳裡吹氣，他會一直持續到天明。如果是普通人，就算是囚犯，應該也無法像他這樣一直持續至今，不過，因爲他很特別，不，應該說是特別安排，所以才有可能辦到。

我在某個偶然的機緣下，被關進這間獨居房。這是歷經許多巧合的結果。不是科學資料的匯集，或是嶄新的搜查技術所造就的成果，就單純只是一名偶然被指派這項勤務的搜查員，基於她動物的直覺，亦即DNA的遺產，才得以達成這項任務。

當時近距離抵住我的那把槍，槍管暢通，而且露出在槍身兩側的彈匣裡也沒有礙事的鋼條❺，果然嚇阻力十足。眞槍和玩具槍就是不一樣。

「這是Minebea製的……還是一樣沒變，用這種老舊的手槍。爲了防止槍枝走火，第一發應該是空包彈才對……」

「你想試試看嗎？混帳東西。」

這名女性搜查員似乎還沒發現，自己現在站的地方，雖然已經荒廢，但原本是間教會。

「我身上沒帶任何武器。這個看起來像凶器嗎？」

我從鍋裡舉起手中的杓子。

第二個偶然，那名被我切斷身體的不知名少女，她的耳朵竟然在我的杓子上。

這名單槍匹馬前來、勇敢又可愛的搜查員，嗓子提高了半音，而且聲音變得又尖又細，我從中明白她已看到那隻耳朵。

我暗啐一聲，搖了搖頭。

「給男人帶來災難的禍水，妳的名字是女人……」

「雙手舉高，躺、躺在地上！」

她眞是美豔動人。

我好想得到眼前這名女子，就算要我以三千萬的年薪、往後日子的一切快樂，以及像氧氣般取之不盡的自由來做交換，我也甘願。

她已被恐懼攫獲。

恐懼不斷從她全身湧出、飛濺，透明的飛沫朝我身上灑落。

我面帶微笑。她看見少女在我臉上留下的抓痕。要不是因爲這樣，我應該能呈現出她欣賞的迷人樣貌才對……世事果然不能盡如人意。

我神色自若地向前跨出一步。這是我最厲害的能力。自然地接近對方，自然地伸出手，

❺註：根據槍砲管制法，會在模型槍的槍管及彈匣內插入鋼條，以防當眞槍使用。

自然地露出微笑。就像沙丘因風吹而變形一樣，我能在對手渾然未覺的情況下，拉近彼此心理和物理上的距離。就算對方在腦中回想我所做的舉動，也完全察覺不出任何突兀感。

其實我小小的一步，已拉近她與我之間三分之一的距離。要是我先動手，她那把槍已在我的出手範圍內。

「不是趴在地上嗎？」

「什麼？」她一再試著從腰間取下手銬，但卻始終沒能成功，我此話一出，她立即停止手中的動作。

「我是說趴在地上。你們的逮捕規約裡，不是規定要採D-37姿勢嗎？如果採仰躺，我能像撕紙一樣將妳撕裂，要是妳想要的話，我也能用手刀從妳的陰道伸進體內，將子宮連同直腸一起扯出，讓妳見識一番。妳應該還沒看過吧？」

在電影或小說裡，每次一出現這樣的對話，緊接著下個瞬間，對方都會激動地大叫，朝我破口大罵，行使他們用槍的權力……然而，接下來傳進我耳中的，卻是我意想不到的聲音，也因爲這樣，最後我決定赦免她。沒錯……我打消反擊的念頭，饒她一命，甚至想讓她逮捕我。

因爲她嚇得當場失禁。剪裁和質料都很不錯的米色褲子沺濕了一大片，透明的液體從褲腳奔流，就像在攪拌燒杯時所用的玻璃棒一樣，只見一道發光的物體向地面延伸。

我點了點頭，雙手用力拍了一下。

她反射性地扣引扳機，子彈射向位於祭壇上方豎窗框內的彩繪玻璃，打出一個直徑約十公分寬的破洞。瑪利亞懷中的幼兒耶穌，整張臉幾乎完全消失。

女調查員將兀自冒著白煙的手槍對著我，整個人目瞪口呆。

「我要吃蛋……這樣就結束了。接下來任憑妳處置。」

我從亞曼尼西裝的口袋裡取出一顆水煮蛋，朝側腹擦了幾下，接著吹去破舊祭壇上的塵埃，輕輕將蛋放在上面，就像一名手藝高超的麵包師傅在拉麵團似地，以手掌壓住蛋，緩緩轉動，讓蛋殼發出陣陣摩擦聲。我讓蛋在我指頭的第一關節到掌心間來回滾動，一再反覆這個動作，細細玩味。當蛋殼出現裂縫時，我會以我那每星期做一次指甲美容的手指，沿著圓周取下一條白色的腰帶，然後再從上下兩端剝除不必要的蛋殼。

我輕輕拿起蛋，就像在檢查酒杯有無髒污般，確認那如同內臟般亮麗的表面沒殘留任何碎片後，從頂端撒下雪花般的細鹽，再吹口氣，吹走多餘的鹽。

我好似一名舞藝精純的舞者，利落地完成這些步驟後，這才抬起頭來。

她像雕像般，在我面前僵立不動。

「……你是蛋男。」她低聲說出這個名字。

由於我在命案現場一定會留下蛋殼，所以媒體自行爲我取名。

「塵歸塵，土歸土……」

我就像乾杯般，高舉著蛋向她致意。

不可思議的是，她也微微舉起手槍，如同是在呼應我似的。

我一如平時，將冷蛋分成三等份，分三次送入口中，這段時間，我的視線始終未曾從她的雙眸移開。

她也同樣未曾稍瞬。

「這種死囚房住起來還挺舒服的，你不覺得嗎？」那抽抽噎噎的聲音令人聽了渾身不舒服，爲了加以阻止，我向二〇五號如此說道。

「咦……爲什麼你可以如此處之泰然……你我明明已沒有多少時間好活了。」

二〇五號的聲音中微微攙雜著金屬的擠壓聲，但我並未加以點破。雖然我早晚會說，但今天……還是算了。

對一名得意洋洋的魔術師，要指出他魔術中的破綻，使其大爲震驚，需要挑個好時機。

我們被囚禁的地方，是老舊又落伍的「監獄」，只會讓人聯想到某個舞台布景。這是外面設有鐵柵欄的岩穴，就像雨果或高爾基的作品中，那令人感動落淚的監獄。恰巧我和隔壁的獨居房中間有一處微妙的縫隙，我和二〇五號可以透過它聊天，如果不嫌棄姿勢不便的話，甚至能透過縫隙偷窺彼此。再過不久便是二〇四八年了，我們卻還受到此等荒謬的對待。

我連同嬰兒在內，共犯下五起強姦殺人的重案，被判處極刑，相較之下，二〇五號的罪狀實在無趣之至。他常去一家滾球店光顧，負責兌換獎品的店員總是準時到外頭吃午餐，某天他看準時機潛入店裡，正巧店員忘了拿東西，返回店內，當場逮個正著。他急忙將那名年邁的店員撞倒，奪門而出。老太太跌倒後就此昏厥。一旁的暖爐被撞倒，發熱的電池短路走火。由於這裡曾發布乾燥防火警報，所以大火連同滾球店在內，將周邊五棟房子一同燒成灰燼，包括老太太在內的三人也都葬身火窟。

最後，逃之夭夭的二〇五號連一毛錢也沒拿到，在吉野家白吃白喝時，被警方逮捕，日後因強盜殺人和縱火，被判死刑。

不過，除了確定他這個人很無趣外，其他一切我都很懷疑……

「你知道厭惡感嗎？」卡蓮那如同混血兒般、有著明顯雙眼皮的大眼，正注視著我。「也就是與人四目交接、言語交談的瞬間，心中湧現的一種情感……」藉由中間層的聚碳酸酯革新技術，儘管她與我隔著八十毫米厚的防彈玻璃，但還是保有高達八的亮度，更加凸顯出她的美。

我很想伸手觸摸她，但這種素材將脆性破壞率降至最低，甚至能承受無後座力砲的衝擊，這終究只是個無法實現的夢。

「妳要說的是『人際關係與化學變化很相似，一旦彼此產生相互作用，就無法復原』是嗎？」

「不，我講的不是榮格❻。我認為你應該是起因於『生理』。」

卡蓮說到這裡，撥起秀髮，左右張望，像是在確認接見室裡有無其他人在場。先前她在

❻註：Carl Gustav Jung，知名的心理學家，曾提出原型、集體無意識等主張。

教會前表現出的窩囊樣，如今已不復見。她臉色紅潤，就算被挑選爲運動用品型錄上的模特兒，也一點都不會讓人訝異，透過她的套裝可以感受到這股健康活力。我刻意與她四目交接，朝她的虹膜聚焦。

「總之，你讓我感到反胃。儘管你說話客氣，應答如流，但開始偵訊時，你一開門，我看到你那張臉，便在心裡直呼『哇！好噁心的男人』。可是偏偏又得裝作若無其事，眞的很辛苦。」

「這就是女人的直覺吧。不過，我手中的犧牲者，似乎沒這樣的感覺……」

卡蓮搖著頭。

「那位有名的貝克，稱呼這是『天賜的才能』，唯獨女人擁有。從遠古時代起，這就是沒有力量的女人爲了求生存所具備的功能之一。我也很贊成這項看法。可憐的是，儘管有這項才能在耳邊低語，但很多女性還是不採取行動……」

「妳這話的意思，是妳體內的DNA資訊識破了我，妳只是順從它展開行動，是嗎？所以妳才離開搜查隊，自己單獨接近我……」

卡蓮頷首。

「如果說早從數百萬年前開始，妳就一直等待這個機會逮捕我，那也太諷刺了吧。」

「少往自己臉上貼金。不是只有你，是像你這種人。」

卡蓮爲了打發無聊，從LV的小包包裡取出香菸，望了我一眼，徵求我的同意。我回以一笑，她見狀，旋即把菸叼進口中，點燃了火，令人驚訝的是，它竟然吐出紫煙。

這種舊式的香菸，她是從哪裡買來的？

「我們也差不多該切入正題了。還少兩個人。被害者的年紀、容貌、生活模式，全都符合你的獵殺標準，而且就住在你狩獵的範圍內。」

她的虹膜陡然緊縮，我從中得知她開始感到緊張。

「怎麼不用你們最擅長的地毯式搜索呢？」

「因爲有沼澤、森林，還有山脈。這你應該最清楚。要是眞的徹底展開搜索，整座山會爲之變形。最近不管是何種殺人案件，非政府組織和環保團體都不再默不作聲。他們會以違反比例原則之類的理由提出抗議。」

我沉默不語，佯裝沉思。

卡蓮注視著我的眉間。難道上面會浮現什麼符號嗎？

「妳知道鱷魚的眼淚嗎？」

「不知道。」

「據說鱷魚在捕食獵物時會流淚，妳認爲牠是因爲難過而哭嗎？」

「我最討厭爬蟲類了，也很討厭像爬蟲類的男人。」

「妳認爲我是因爲喜歡，才殺害那些女人對吧？」

「這個嘛……至少你很投入。」

「沒錯，果然和我想的一樣。妳眞的和我很像。沒錯，我是很投入。我不會惡作劇，傷害她們的骨架，我都是利用關節卸下四肢，至於皮膚，則是盡可能採用不會弄破它的方法。

我的第四名女性，有非常漂亮的內臟。她擁有其他四人望塵莫及的亮度與色澤。我剖開她的身體中線，將她放在小船上，於湖畔上接受月光的沐浴。膠質、脂肪、各種組織，會隨著從雲縫中露臉的月亮，綻放出好比紅寶石和鑽石般的光輝。打開皮膚拉鍊的她，宛如胸前抱著一個絢爛七彩的珠寶箱。那時候竟然有成群的螢火蟲向我們湧來，實在是很不可思議。牠們就像聖杯的水滴般，爲我們獻上祝福。」

「這表示你很樂在其中。」

「我若接受妳的提議，有什麼好處？」

「我會事前通知你行刑的日期。」卡蓮以食指按著下唇。「你應該想知道吧？」

「那可眞是光榮，不過，交易之神的天平尚未取得平衡哦。」

「你想要什麼？」

「離開這裡。」

「我是跟你說眞的。」

「我也是。妳找尋的那兩具遺體，當中一個是現任檢察總長的私生女，正適合作爲我交易的籌碼。只要讓我離開這裡，我不會堅持繼續住在國內。如果妳提出要求的話，就算要我從北半球消失也行。」

「死者的家人會殺了你。況且，現在要將垃圾往國外丟，可沒那麼容易。」

「只要向上級報告，說我已經處刑，這樣不就得了，反正也沒人會來參觀吧。」

「我本以爲你很冷靜，沒想到……」卡蓮一臉驚訝地嘆了口氣。「這裡可不是二次世界大戰末期的柏林啊。不是隨便一句……我們已經去逮捕希特勒，他自殺了，找不到遺體，這樣就能交差了事。」

「卡蓮，欺騙大眾的計劃，其關鍵往往是既大膽又單純。我打個比方吧。總統的頭蓋骨，有些老實人現在還是很喜歡，他們一直妥善保管，當中並非有什麼陰謀。」

「總之，我們彼此對於透露情報和條件交換的看法，有很大的落差。」卡蓮拿起一旁的小包包。「如今世人的眼光相當嚴厲，可不像以前那麼隨便。」

「卡蓮……我看妳的包包裡好像沒放尿布，待會兒怎麼換？」

卡蓮倒抽一口冷氣，霍然起身。她背後的椅子滑稽地往後傾倒。

「果然是白費力氣。高層還對你的良心抱持一絲期待，但我一開始就反對這麼做。你根本就是機械。儘管你有人的形體，具有相同的DNA，但你不是人。你和食人鯊一樣，是瘋狂的殺人機械。」

「如果妳是我的第一個女人，我就不會殺那麼多人了。因爲光是看妳害怕的模樣，我便感到無限滿足。這也是因爲妳天賜的才能嗎？」

「再見了……不過，你最好別把我們看扁了。」

卡蓮叫來獄警，步出接見室。

那已是兩年前的事。後來我被移送至這處奇怪的岩牢裡，一個月後，這名編號二〇五號的脆弱男子登場。

「唉，我好像快瘋了。」二〇五號以哀傷的口吻低語道。

「你沒瘋。」

有隻黑鳳蝶闖進牢中，我小心翼翼地扯下它的口器。黑鳳蝶被扯下漩渦狀的口器後，死命地振翅，彷彿想藉此忘卻痛楚，兩、三分鐘後，它像枯葉般躺在地上，實在美不勝收。

「謝謝你……很少有人對我這麼親切。每個人都是一肚子壞水，還罵我懦夫……喂，來聊聊我們常說的話題吧。你是如何找上那些女人的？」

二〇五號的口吻，如同一個吵著要糖的小鬼一樣黏人。

我等著他豎起耳朵後，這才開口。

「先在鬧街的車站等機會。公布欄前或是約會景點都是好地方。就算獨自一人站在那裡，也不會引人側目。挑禮拜天多找幾處逛逛，有看上眼的對象，就隨後尾隨……就這樣。其實動機就是這麼單純。」

我完全照筆錄上所寫的內容回答。

「沒錯。然後你再從中篩選。」

「原則上，對方當時和多少人在一起，都不是問題。因爲我不會馬上和對方接觸。問題在於無法兩度尾隨。我一次就得決定是否要將對方據爲己有……」

「爲什麼你都挑穿黑衣的女人下手？」

「這一切都是起因於我的幻想。我從小就夢想能支配穿黑衣的女性。黑色同時也是惡魔的象徵，也許是因爲這讓我聯想到森林。這世上並沒有眞正的黑色存在。我們看到黑色時，它會微微反射光芒。不過你應該知道，黑底塗上紅色，會增加黑色的質量。這是染色界的常識。我想親自動手實現。她們用自己的鮮血替衣服染色，讓她們所期望的黑衣更加完美。這當中有人與物的心靈邂逅，經由我的幫忙而得以實現。」

「有因爲這樣而眞正發生過什麼事嗎？」

我聽二〇五號這麼問，閉上眼，雙掌舉向空中。

「有……」

我雙手突然變得沉甸，感覺得到「她」就在我手上。雖然這是很微弱的存在感，彷彿只要一集中注意，便會馬上消失無蹤，但若是跟著感覺走，她便會從輕若鴻毛的重量，慢慢變得像雞蛋、鴿子一樣重。而她身上的香水和洗髮精等各種氣味，也會從我鼻端甦醒。

「當然有……」

她們無法脫離我的掌握。在我死之前，她們隨時都得聽我召喚。我手掌微傾，讓掌中的「東西」滑落，送往房內的角落。這時，角落邊一定會發出小紙片的摩擦聲，或是物體相互擠壓的聲響。今天來的是第五名少女。她應該是剛吃完點心，手指仍留有巧克力的香味，我能直接送入口中咬碎。她宛如一隻挨罵的小狗，整個人蜷縮在暗處注視著我。

「像我就完全沒有。對象是老太婆，果然沒辦法。沒辦法。沒辦法啊。」

二〇五號如此重複說道，我不予理會，他旋即又開始說起懊悔的話語。他一直喃喃自語，直到天亮她消失爲止。

好一陣子沒見過卡蓮，儘管她的模樣有些改變，卻是更顯豔麗。

「憑妳的美貌，不管要做什麼工作都沒問題，爲什麼妳選擇當世人的清道夫呢？」

「我不想談私事。」

卡蓮假裝解開頭髮，輕輕按住左頰的瘀青。

「我今天來，只是要告訴你一件事。」

「妳要結婚了嗎？」

「檢察總長準備私下接受你提出的要求。」

我從卡蓮的表情看出一抹淡淡的悲戚，她似乎對此感到難以置信。

「繼續說。」

「把你知道的藏屍地點告訴我們，如果結果是我們所要的，你將得到釋放。」

一陣漫長的沉默。

接見室裡只聽見我以食指敲擊犬齒的聲音。

「卡蓮，妳現在告訴我這件事，心裡是何感想？」

「我原本考慮要辭職。」

卡蓮低頭不語，臉上蒙著一層黑霧，彷彿受我責備似的。

「你是我們國家可以光明正大處死刑的極少數人之一。現在竟然要釋放你……不過，我現在已經打消辭職的念頭了。你出獄後，一定會來找我。夜半醒來，你就站在房內的角落，偏偏我又不能攜帶武器，光是想像就快令我發狂。我死也不要被你占有。」

「妳認爲我會接受這樣的交涉對吧？」

「如果你還留有一絲人類的良知……雖然對你來說，它大概已像侏羅紀化石一樣久遠，但要是它還存在的話，你就會放棄交涉，主動供出一切。」

「妳臉頰的瘀青，是煙硝造成的。看來，妳是被逼急了，在失去平衡的同時開槍。對方死了嗎？」

「我方也有三人殉職。」

「執法者在現場遇害，是囚犯的福音……說出你們開的條件吧。」

卡蓮從公事包裡取出文件，開始像機械般朗讀。

「你從宣誓起的七十二小時內，會從TXY移送南半球的丁古伊努民主聯邦領海。領海上備有一艘拖船，你就坐上那艘船。丁古伊努聯邦的鄰國是蘇哈利人民共和國。」

「與現有的自由主義國家完全沒有邦交。」

「那是對外的說法。你離開那艘船時，會得到十萬美金。你可以用這筆錢吩咐船長開往蘇哈利，或是包含丁古伊努在內的鄰近六國，隨你高興。」

「好像都對我有利呢。」

「在你坐上船的六小時內，得告訴我們詳細的遺體位置。」

「要是我忘了呢？」

「那你就死定了。」卡蓮微笑道。「從這裡出發時，會先讓你吞下一顆以太空梭用的黏著液濃縮而成的定時膠囊。在給你美金的同時，也會一併將衛星手機和解除用的針筒交到你手上。針筒上有十位數密碼，推桿壓不下去，當然也無法將它分解。」

「要是找不到遺體的話呢？」

「你就得不到密碼。黏著劑的塊體會在你全身遊走，從靜脈進入心臟的右心房，結束生命。」

「這樣也挺有意思的。」

「我提議不必那麼大費周章，只要將你斷手斷腳，隨便找個地方一丟就行了，可惜沒被採納。如何？接不接受？」

「卡蓮，我之前跟妳提過鱷魚的事。其實它還有後續的故事。」

她聽我這麼說，立刻利落地收好文件，兩腿交叉而坐，絲襪發出金色光芒。

「什麼故事？」

「某天，那隻鱷魚在尼羅河畔抓到一名幼童，幼童的母親哭著跑來央求道：『請把孩子還給我』。」

卡蓮眉頭微蹙，但還是保持沉默。

「這時，鱷魚向那名母親說：『我是否歸還這個孩子，得看妳能不能回答我的問題。』那名母親說：『我一定能回答。』於是鱷魚問她：『妳認爲我會把孩子還妳嗎？』」

「根本就是詭辯。要是回答『會』，鱷魚就吃了那個孩子，說她『答錯了』；若是回答『不會』，鱷魚則說：『我原本想還妳，但既然這樣，我只好推翻原本的答案。』還是把孩子吃了。聽你這番話的意思，你不相信我們眞會履行這項承諾嘍？」

「沒錯。」

「啊……頭髮掉了，又掉髮了。我快瘋了。」

二〇五號猛然從寂寞的嗚咽聲中回過神來，如此低語。

「死的時候，不知道是什麼情形。應該很痛苦吧。哎呀，好難過！我快死了！就算這樣大喊，想必也沒人會來救我吧。哈哈哈。死後有另一個世界嗎？唉，不知道什麼時候會被處刑，實在是……我一定會發瘋。」

「你不會發瘋的。」

「你爲什麼知道？」

二〇五號以沮喪的口吻反覆嘀咕著，「啊……綠色的靈魂從我身體飄走了……」

「雖然你老說自己快瘋了，但你最近不是睡得很好嗎？」

「啊，說得也是。我用你教我的那招，變得比較好睡。」

「我教了你什麼？」

「就是將女人召喚到手中那招啊。我也試過了。我心裡想，也許會有什麼東西從你的房間跑來我這裡。可是不管用，我掌心還沒掌握到任何觸感，自己就先睡著了。不過這招好，是個好方法，會讓人忘卻哀傷。」

二〇五號開始抽抽噎噎。

「換個話題吧，你聽過Sleeper（密探）嗎？那是新俄羅斯昔日還稱作蘇聯時的事，當時有很多囚犯對政權感到不滿，他們當中有不少人透過獨特的地下組織網，組成反抗組織，從事活動。政府為了根絕這些潛在的異議分子，決定持續展開某項作戰。這就是『Sleeper作戰』。」

「沒聽過。」

「其實我一直有事瞞著沒告訴你。」

「喏，我就說吧。每個人都有祕密。因為我們人啊，不可能將腦袋裡的東西全部告訴別人，毫不保留。有許多事，甚至連自己都忘了。」

「不是這世上的每個人都和你一樣，會以這麼寬容的心胸來看待別人的祕密。」

「可是，就算再怎麼想問，只要當事人不想說，也沒轍啊。這東西是強迫不來的。」

「他們派出了人稱Sleeper的臥底。」

「什麼？」

「為了剷除異議分子，蘇聯政府送出大批的臥底警察到監獄裡，佯裝囚犯，打進對方的圈子裡，同吃同睡，開始收集情報。以定期接受審訊的名義，一離開牢房便陸續出賣夥伴。最後，才短短三年，便舉發兩萬多名反抗組織成員以及三百多個地下組織，大舉肅清，成果豐碩。」

「真狠，實在教人不敢相信。當真是龍蛇雜處，真不應該。」

「國家對人民，總是這麼小心提防。」

「咿羅卡達沙西拉里拉里。」

「你說什麼？」

「我……我什麼也沒說啊。」

二〇五號的聲音沙啞又模糊，和之前出現的聲音一樣，就像有人對老舊收音機的頻道旋鈕胡亂快轉般，聽起來很機械化。

在我被逮捕前，曾看過科學部成功開發出機器人的新聞。記者誇讚機器人做得栩栩如生，與眞人無異，還將猜想得到的各種用途詳列於附表中。可能是由開發局發送的資料直接轉抄的表格上，寫有政府各部門提議的深海探查、月球表面及宇宙空間作業、警務管理、核融合設施管理等充滿科幻性的文句，當中夾雜著四個小字——「搜查支援」。

不論檢察總長對我採取何種懷柔策略，想必卡蓮還是一樣不肯放我自由。她對我深惡痛絕。不管表面如何，至少我們彼此的內心緊緊相繫，令人高興，但她等不及檢察總長的提議，便率先將機器人用在我身上，作爲「搜查支援」的示範演出，此事不難想見。以她的個性來看，爲了以自己的方式獲勝，她會以不顯於外的熱情之火去燃燒一切可能的事物，我最清楚不過了。因爲以前的我和她一樣。問題在於二〇五號，他打算用什麼方式從我這裡取得情報呢？

到目前爲止，他不曾直接向我詢問那些失蹤者的下落。對於間接性的提問，我會以轉移焦點的方式回答，而他也會若無其事地反問。

他們想利用這種單純的交談，分析我腦中的祕密嗎？

隔天，二〇五號的牢房裡發生小小的騷動。發完早餐後不久，他突然發出怪異的呻吟聲，同時開始用頭撞牢房內的岩塊。獄警察覺異聲，將二〇五號拖出牢房，直到當天傍晚才回來。我窺望他牢房裡的地面，樹脂製的湯匙、盤子等餐具散落一地，我凝神思索，想看出當中是否帶有某種幾何學的含義。

二〇五號回到牢房後，已不見前些日子的緊張模樣，而是一派輕鬆地躺在地上。雖然他不時會喃喃自語，但已絲毫感受不出金屬的摩擦聲。

「看來，你已經過巧妙的調整。」

「是啊，打了很痛的一針，還吃了些藥。調整？哦，是啊，是經過了一番調整……」

「你為什麼要做出那麼粗暴的舉動？」

一陣沉默。

「你有在聽嗎？」

「咦？有，我在聽。今天的早餐裡，不是有水煮蛋嗎？圓圓的水煮蛋……我最怕蛋了。」

「你對蛋過敏嗎？」

「不。我的養父雖然是牧師，但卻是個痞子，小時候他每次將我海扁一頓之後，一定會吃水煮蛋。」

這次換我沉默不語。

「他總是嘴裡說著『靈魂的欲望少』，注視我雙眼，像蛇一樣將蛋吞進肚裡……而且每次一定都分三次吃。我總覺得自己的靈魂，彷彿眞的被囚禁在那白色的水煮蛋裡，每次他這麼做，我就感到頭暈目眩。所以我看到蛋就害怕……」

我從沒跟二〇五號提過蛋的事。而且他所說的，是我過去常講的一段話。這段話只有我知道，筆錄裡從沒寫過。

「靈魂的欲望少，肉體的欲望多。」

那是我對她們吟詠的鎭魂歌。

「……你是怎麼知道的？」我沉聲低語道。

二〇五號沒有回答，只傳來陣陣鼾聲。

數天後，卡蓮身穿一襲亮麗的藍色套裝，出現在我面前。粉紅色襯衫，大膽露出她黝黑的頸項，上頭戴著一串銀色項鍊。

「今天穿得可眞講究，要去參加派對嗎？」

卡蓮眉開眼笑。我有一股不祥的預感，背後一陣痙攣。

「挖掘的工作結束了。檢察總長很開心。他所信奉的宗教，認爲人在入葬時，遺體的犬齒絕不能少。」我臉上浮現的戰慄，卡蓮全瞧進了眼裡。「謝謝你的幫忙，我們才得以順利尋獲兩具遺體。」

我凝睇著卡蓮。看她的模樣，完全不像在演戲。

「是二〇五號對吧？可是，他從未問過我具體的問題啊……」

我很自然地發出一聲輕嘆。

「是啊。不過這次的主題並不像引出隱瞞的證詞，或是探尋過去的記憶那麼困難。只需要鎖定你生活中的可能活動範圍即可。在哪裡挑選對象，在哪裡動手，在哪裡處理屍體……當然了，說起來容易，做起來可一點都不輕鬆，要從你有意識和無意識中收集得來的資料，去分析、預測你的活動範圍，再從中限定我們能進行搜索的範圍，確實很吃力。我們甚至包下了我國最引以為傲的法爾坎❼、萬神❽、奧丁❾這三台大型電腦。不過，這麼一來，我也保住了工作。以後再也不必和你進行噁心的交涉……真是謝天謝地。」

「卡蓮，妳真該感謝我無意識下善良的一面。」

「我的確很感謝你，所以你會獲得釋放。我已經和高層交涉好了。」

卡蓮把臉湊向防彈玻璃，抹著濃濃口紅的豐唇與我如此貼近，猶如薔薇的花蕾。

「明天早上九點你會獲釋。不過，我們會以藥品燒毀你的容貌和聲帶，並一併摘除你的兩顆眼球、右手、左腳，以及生殖器。在移送的車內，會告知你三個都市，你從中挑選一處，我們會送你過去。等負責的官員在街角放你離開車外，一切就結束了。接下來你想怎樣，都是你的自由。」

「卡蓮。妳現在能吃飯、和人上床，全是我的慈悲所賜。當初讓妳活命的人，是我。希望妳永遠都別忘了這點。」

「你的處分，是從早上七點開始。仿效你的做法，盡可能不使用麻醉……看你好像不是很開心，我可是開心得不得了呢。」

卡蓮在防彈玻璃上留下鮮紅如血的唇印。「再見了，就此永別……蛋男。能看到你這種表情，眞是光榮。」

卡蓮說完後，關閉開關，收起臉上的表情，頭也不回地離去。

「機器人？我不懂你在說什麼耶。」聽完我的說明後，二〇五號發出磨牙般的聲音。

「我有家人。有用雙手擁抱過他們的觸感。頭髮曬過太陽後會有味道，到了冬天，臉頰會變得紅通通。我還記得妻子燉菜的味道……」

「你大約是三年前製造的。你根本就沒家人。那全是在昏暗的工廠裡創造出的幻影。」

「可是，我有小時候的回憶啊。前不久還流血呢。他們讓我躺在診療台上，爲我縫額頭耶。」

「他們的手法相當高明。再說了，現今這個時代，小小一塊幾釐米大的方形晶片，便能容納整個國會圖書館的資料。像你這種平淡的人生，馬上就能寫成程式。」

「我不懂你在說什麼……」響起一陣陰沉的聲音。

「說得也是……你應該是被蒙在鼓裡才對。」

❼註：Vulcan，羅馬神話中的火神。

❽註：Pantheon，北歐神話裡的諸神。

❾註：Oden，北歐神話裡的戰神。

「我我我。」

蓦地，二〇五號發出一聲尖叫，傳來在地上扭曲翻滾的聲音。

之後，鄰房的啜泣聲隨著時間流逝不斷持續，我沉默不語。

我抬頭一看，發現旭日已來到晚秋的牢房窗外。沒時間了。我等二〇五號情緒穩定後，再次出聲叫喚他。

「二〇五號，聽得見嗎？你幫我個忙。」

我從房間的縫隙窺望，看見二〇五號像胎兒般全身蜷縮，躺在地上。口水和眼淚如同熔化的蠟燭，從他臉上流出。

「我要走了……你幫我。」

「走？走去哪裡？」

二〇五號緩緩坐起身。

「去我喜歡的地方……我的女人在那裡等著我。」

「你說的話好難懂……」

二〇五號就像剛睡醒似地，一再甩頭。

「我的頭還昏沉沉的。我該做些什麼？」

「你將單手的手指併攏，盡可能往這個縫隙裡伸，手指伸往我的方向。這樣就行了。」

「為什麼要這麼做？」

「待會兒再跟你解釋，快點做吧。」

二〇五號就像吃地瓜似地，一張嘴動個不停，開始把手伸進縫隙裡。

「像這樣嗎？」

「再來，再伸進來一點。」

「不行了啦。有岩石擋住，不能再伸了。」

「沒問題的。你的手指裡頭是非晶合金打造，只要用力往前伸，便可撞破這種老舊的岩石。你只是內心在壓抑自己而已。」

「快說吧，你到底打算做什麼？」

我默而不答。要是我告訴他「我打算用你的手指當釘子，刺向我的頭蓋骨」，他體內設定的「機器人三大原則」❿應該會立即啓動，拒絕配合。

我必須馬上結束自己的性命。雖然橫豎都是死，但絕不能任憑卡蓮他們擺布。

正好二〇五號的手指像粗大的蚯蚓般，扭動著朝我伸來，才短短幾秒的時間，已從第一關節伸出到第二關節。

❿註：所謂的「機器人三大原則」，出自科幻作家艾西莫夫（Isaac Asimov）的作品，分別是：一、機器人不得害人類，或袖手旁觀坐視人類受到傷害；二、除非違背第一原則，機器人必須服從人類的命令；三、在不違背第一及第二原則的情況下，機器人必須保護自己。

「再來！」

「沒辦法了。」

這時傳來一聲巨響，從監視大樓通往我們這處獨居房的鐵門也同時開啓，數名獄警的腳步聲，如同行軍般響亮。那猶如數十隻鳥一同啄向走廊般整齊劃一的聲音，一時令我爲之停頓。

「動作快！再伸過來一點！」

「沒、沒辦法了……」

「再加把勁！」

二〇五號發出怯懦的聲音，同時伸出手指的第二關節。

「再來一點！」

「我……我好怕啊。」

腳步聲陡然停歇。

二〇五號的手指伸得夠長了。

我閉上眼，屏住呼吸。那細長的手指，彷彿長在黝黑岩石上的蘆筍，我將它想像成鐵鎚，擊向我的腦袋。

隨著一聲金屬的撞擊聲，我的額頭已撞向岩石。

「喂，你在做什麼！」

獄警敲著房門，接著發出這聲怒吼，傳來開鎖的聲響。

眞不敢相信，我竟然目測錯誤。二〇五號的手指在一旁幾公分處搖晃著。我再次抬起頭，運起渾身的力量，一頭撞向他的手指，這次甚至沒有閉眼。

但我還是失敗了。

傳來一陣開門的嘎吱聲，二〇五號的手指就像受驚的貝殼齒舌，猛然縮進岩石裡。

「時間到了，二〇五號，出來。」

獄警如此沉聲低語，二〇五號放聲尖叫，掩蓋了獄警的聲音。

「我不要！我……我……哇──」

我緊貼著房門，想像二〇五號在走廊上被拖行的模樣。

這時，我的房門突然開啓，眼前出現一名身穿白衣的老人，身後跟著數名獄警。老人看起來像在微笑。

「一天處決兩名囚犯，不是違反規定嗎？」

我想一口咬向老人纖瘦的脖子，但身體就像扎地生根般，動也不動。

「好吧。」

他如此低語，拿出一個像遙控的器具比向我……

〈警務旬報第二〇八五七六號〉

國立刑事政策研究所報告，過去在議會中一再討論的懸案，終於有了劃時代的成果。

「是否該對因監禁症狀而導致精神異常的死囚行刑」，長期以來，一直遭受國際特赦組織等國內外非營利組織的嚴厲批評，然而，在執行死刑前，還得經過一段漫長的時間，光靠舊有的心理諮詢方式，往往無法彌補當中的不足，所以情況有日益嚴重的趨勢。

在先進國家當中，我國是唯一維持死刑的國家，爲了維持現狀，建立「受刑者必須在正常的悔悟狀態下執行死刑」的體制乃當務之急，於是首次嘗試將杜邦及本研究所共同開發完成的通用機器人，運用在維持受刑人正常精神的用途上。

實驗對象是由全國八百四十名死囚中，選出一名年近四旬，犯下強盜殺人及縱火重罪而被判死刑，經心理技術官員測驗，預測其心靈已達最危險等級的男性。

研究所對機器人植入和實驗對象合得來的虛擬記憶，讓它產生錯覺，以爲自己同樣是囚犯，與對方更爲貼近，並藉由心理諮詢指導及監視，傳送聲音及影像資料，二十四小時監控。藉此巧妙地讓當事人的精神狀態保持在正常範圍內，直到期滿行刑。

身爲開發負責人之一，同時負責虛擬記憶建構的卡蓮．W．塞勒教授說道：

「最重要的是，與虛擬記憶相關的類人類（Humanoid）人格設定，必須與實驗對象契合。此次除了我國，還承蒙FBI及歐洲刑警組織的鼎力相助，成功取得多達數萬人的龐大罪犯心理地圖。依據這份心理地圖對實驗對象進行心理分析，能成功建構出對方最信任的人格，我們對此深感自豪。關於虛擬人格的使用，有人持反對意見，此事早在預料之中，然而，對自身的目的沒有絲毫認知，是接近對方心理的重要關鍵，一想到這點，我便深信這是最好的方法。此次的『蛋男作戰』已經結束，目前正進行其他版本的開發，已決定在英國、宏都拉斯、新加坡使用。」

すまじき熱帯

不該來的熱帶

人體的不易燃燒超乎想像。但只要灑上少許石油，它便再也沒有任何價值。儘管皮膚隨著燃燒而融解，但也只有令人皺眉的濃煙竄升，看不到火焰，也不見熊熊火勢。濁酒還是弓著身子，蹲踞在地上，嘴裡喃喃自語著「這樣就行了、這樣就行了」，猶如念咒般。

雖然我多次高高掄起鏟子，想砸碎他那微禿的腦袋，但以他現在的狀況來看，可說是生不如死，所以我改變念頭，不想讓他就此解脫。

濁酒狀甚開心地指著躺在地上的屍體，低聲說了一句「真想加入他們的俱樂部」，最後他長長的睫毛眨了幾下，挨向我的腳邊。

可惡，四周全是腐爛的屍體。叢林裡灼人的日照，猶如融解綠葉，直接滲進我的肌膚般，在我的腸子底部蝕出一個大洞。

「我身體變成這個樣子……不管是活是死，都一樣是地獄。一切都無所謂了。」

濁酒開始像個老太婆般低聲哭泣。

大象在「宮殿」旁發出一聲清嘯。

我們在東南亞的叢林裡等待救援。沒有可以順流而下的小船，也沒無線電，在這處死屍堆積如山的地方，我們除了用人代替木柴焚燒狼煙外，沒有任何對外求救的辦法。

被周遭開始化膿鼓脹的屍體包圍，讓人逐漸失去理智。

「嘔，已經混進水中了。阿宏，河水已經不能喝了。」

濁酒在浮滿屍體的河邊，望著手中的茶碗，吐了口唾沫。

「別靠近我，你身上滿是屍體的臭味。」

「嘿嘿，你還不是一樣。」

他是我爸爸。

「這世上哪個人不愛錢。」

當有人在澀谷一〇九大樓前拍我肩膀時，我一時還以爲是驚奇屋的老闆在拉客。濁酒這傢伙就是這麼噁心而又引人側目。

睽違十八年的久別重逢，濁酒似乎完全不當一回事。他嘴裡不斷說著「一起走啦、一起走啦」，儘管我眉頭微蹙，他還是摟著我的肩坐上計程車。來到飯店後，三名門房小弟跑來開車門，他就此將我帶進飯店內。

在飯店頂樓的餐廳裡，我一語不發地用完餐後，他領我走進房間，突然向我提議道：「要不要一起去殺人？」濁酒是個恬不知恥的人，記得他在離開我們之前，還曾經害我母親感染淋病或梅毒，所以我猜應該是被病菌入侵了腦袋。他叼了根雪茄刻意擺闊，朝我身上不住打量，但因爲他抽慣了廉價香菸，所以一再被煙嗆著，咳個不停。

「阿宏，想不想大賺一筆，擺脫你現在的人生啊？」

我謝謝他招待的這客松阪牛排，就此起身離席。我可沒時間搭理這種額葉長膿的傢伙。我很後悔自己跟著他來到這裡。

「再怎麼努力存小錢，也變不了大錢。錢最怕寂寞了，它們喜歡往同伴多的地方聚集。」

「其實我很想宰了你。」

「嘿嘿嘿……你從小就喜歡當熱血男兒。當初我宰了那隻貓的時候，你朝我大吼大叫，說什麼你把牠看得像自己的性命一樣重……眞懷念那個時代。」

「這世上有哪個父母會吃掉自己兒子養的貓？我本以爲濁酒這個綽號指的是酒，看來，它指的是你這個丈夫就像臭水溝一樣⓫。」

「那是因爲你媽有學問……她求學問認眞又嚴謹，身體裡面裝的全是變不了錢的東西。眞是天生的勞碌命。」

我朝腳跟整個陷入的地毯吐了口濃痰，打開房門。

「嘿嘿……我就開門見山地說吧。殺一個人賺一千萬……我和你談的是生意。」

「渾帳東西……」

我暗罵一聲，鬆開門把。

我從沒聽過有這麼一個國家。從馬尼拉兩度轉機，每次都搭乘破舊的飛機，最後甚至坐上一架螺旋槳飛機。與貨艙做區隔的牆壁對面傳來牛的叫聲。飛機多次無預警下墜，每次都讓我胃裡的食物翻湧。好不容易抵達國際機場，出現眼前的，卻是一片由叢林開闢而成，與棒球場差不多大小的替代場地。

「鍋彼別在乎欽波吸池之端文化中心。」

膚色黝黑的入境管理員所說的話，我完全聽不懂，電波人的幻想所創造出的文字排列，在我耳中不斷迴盪。

濁酒接過我的護照，夾進鈔票後，交給對方。
「跨越海豚國，朝魔羅滴甩乾，外蔥有人。」
「他在問你旅行的目的和期間。」
「你怎麼聽得懂？」
「我這些年從事的工作，就是將這裡的女人賣到外地當妓女。雖然看不懂他們的文字，但基本的會話還不成問題……」
濁酒就像在裝傻似地，跟著那名官員重複同樣的話語，兩人相視而笑。
來到外頭，有輛吉普等在一旁。
「狐臭！狐臭！」
一名像是司機的男子，朝我的行李伸手。我加以婉拒。
這名年過三旬、略顯富態的男子，口裡說著「河童變地藏。乞食手白、小圓遊。小圓遊」，一再拍著我和濁酒的肩膀，狀甚開心。
「小圓遊……」
我也配合濁酒，跟著如此複誦。媽的……
「上星期好像有一架同樣機型的飛機墜機……看來，我們很走運呢。」
「小圓遊……小圓遊。」

⓫註：原文是ドブロク，有濁酒的意思，也可寫成「溝六」，轉意為溝宿六，宿六為丈夫的意思。

吉普車馳騁在與烤鰻同色澤的地面上，司機一再轉頭喊著一名已故落語家的名字。

我們投宿的地點，是附近村莊數一數二的飯店，名叫「Ritz」，但房間裡沒廁所。

「哪裡吃兩餐吃三餐。」

我比手畫腳地詢問廁所的位置，那名兩眼盯著客人、像在看小偷似的飯店小弟，伸手指著屋外。

「煩惱嫉妒去！」

蹲在櫃台後面的男子們朗聲大笑。

我走進一處用施工用的藍色帆布圍成的廁所裡。儘管沒有標幟，但臭味告訴我那裡就是廁所。我蹲下後，發現糞坑裡的暗處有東西在蠢動。我急忙站起身，耳邊旋即響起殺豬般的叫聲。糞坑邊緣的某個東西令我踩滑，就此一腳陷進糞坑裡。踩到某個柔軟、溫熱之物。我感覺到有牙齒在碰觸我的腳踝。我連滾帶爬地衝出廁所，回到房裡。

「忘了告訴你……這裡的廁所都會養豬，以人類的糞便當食物。要是蹲得太低，連陰囊都會被咬破，要小心。」

濁酒喝得滿臉通紅，發出低俗的笑聲。

兩天後，濁酒不知從哪兒找來一名上了年紀的船長、一名當廚師學徒的小鬼，以及一艘船，開始沿著咖啡色的小河逆流而上。他不想向我說明工作內容。這艘像是鍍錫玩具的小船一離岸，船長便帶著那名小鬼向我問候。

「仔細問就問得出為什麼不問不停做下去累魔羅反魔羅。」「那裡拔菊野麥茶屋工作工作茶茶稚內。」

他們如此報上姓名，濁酒卻叫那名年邁的船長霍塞，叫那名小鬼卡魯洛。

我無事可做，將紙箱鋪在燒燙的甲板上，躺著休息。柴油引擎持續發出單調的「碰碰」聲。天空一片蔚藍，船上悶熱得幾欲令人窒息。我想起冬子。我們之前正準備在下北開一家二手衣專賣店。冬子拿出她這五年來，也就是從我們兩人認識之前，她在便當工廠和Denny's餐廳當女服務生，辛苦攢下的積蓄，而我也離開自己擔任學徒的那家拉麵店，加入一個名為「一發屋」，從事非法傾倒廢棄物的組織，以此方式存錢。我負責的工作是監視當地的居民、警察，或是產業廢棄物搜查員是否靠近。一發屋的工作就像它的名字一樣，將建築廢材或醫療用廢棄物丟進「穴屋」挖好的坑洞內後，拔腿就跑。

冬子內心很嫌棄我這份工作，但我沒有其他方法可以籌措開店的資金。而我深信，若不開店，冬子總有一天會離開我。這是唯一可以確定的事。我最重視的事物，還有我最珍惜的人，都將離我而去。這就是我的人生。

之前濁酒叫我的時候，我正四處找尋那名私吞我們兩人辛苦存下的八百萬圓、就此宣布破產的不動產老闆。我只知道那傢伙喜歡澀谷，除此之外什麼也不知道，就此展開盲目的行動，但我若不做些什麼，很可能會殺人。

「阿宏，從現在開始，別把手伸進河裡。」

溯河而上的第二天，濁酒手裡拿著地圖，望著單調沒有變化的叢林，如此低語道。

「還有，記得換上長袖。就算樹木撞向你，也千萬不能碰樹葉。還有，這一帶不光是有鱷魚，還有肉食性的泥鰍。如果掉進河裡，只要一眨眼，牠們便會聚成一團魚球，啃食你的嘴巴、鼻子、眼珠，鑽進你體內。從船上往河面拉屎的時候，也要小心你的屁眼。牠們的鰓會倒豎，就算想拔也拔不出來。會被牠鑽進體內，毀了你的五臟六腑。」

濁酒命霍塞拿一塊肉丟進河裡。肉塊起初先是緩緩沉進咖啡色的水中，但接著水面突然像煮沸般翻騰。霍塞拉起繩索，船邊登時浮起一團泥巴色的管狀物。無數根管狀物刺在肉塊上，一同攢動，直往肉塊裡鑽。

霍塞切斷繩索。

「這裡的昆蟲也和日本不一樣。如果你不希望牠們在你的鼻子和眼睛裡產卵，就別碰樹葉。」

我回到船艙內。

「他就是老吳。」

在提燈的燈光照耀下，濁酒拿出照片，放在我吃完的罐頭旁（霍塞另外自備了烤肉，但上面還留有像是吉娃娃的頭顱和羽毛殘骸，所以我不想吃）。四開大的黑白照片裡有個大光頭。此人脖子粗大，活像一頭山豬，但從他的雙眼看得出此人相當聰明。

「他在我們的幫派裡，負責當地毒品的生產管理。換句話說，這裡製造的毒品要流入日本，便是以他當藥頭。」

濁酒取出雪茄，點了三次火沒點著，就此丟進河裡，改換廉價香菸。

「他原本是自衛隊的一員，也有在國外擔任傭兵的經驗。上頭就是知道他的經歷，才派他來這裡。也就是說，萬一要和這裡的游擊隊交戰，他好歹也能應付……」

飛蛾撞向提燈，發出聲響。

「一直到去年為止，出貨都很順利。但從今年開始，突然一切音訊全無。當然了，我方匯出的款項都有人提領，這表示他還活著。上頭說，他可能是自行找到其他客戶……」

「為什麼之前一直放著不管？」

「前後已派出上百人了。一開始只派幾個人前來，最後則是派出大批人馬，像軍隊般浩浩蕩蕩而來……但都無人生還。只傳回了一些傳言。」

濁酒把臉湊向我，想觀察我的雙眼。

「他好像建造了一個王國。用龐大的資金設立私人軍隊，甚至和這國家的高層聯手，想成立一個擁有治外法權的獨立國家。上頭懸賞獎金，要他的項上人頭，並發布公開暗殺指令，任何人都可以殺他。賞金一億。」

我霍然站起。

「你別開玩笑了！我們要怎麼潛入那個地方？這根本就是白白送死。」

「你看著好了。要相信愛的力量。如果你想回去的話，就自己走吧。」

濁酒莞爾一笑。

「真搞不懂你在想什麼……我才不要下船呢。」

今天已是溯河航行的第六天。小船中途會在河岸邊加油，一路往上走，但想到前天運了許多燃料上船，這才猛然發現，從那之後，便沒再看到任何屋舍和人影。

傍晚時，我看到一隻到河邊喝水的猴子被鱷魚生吞。鱷魚就像自動門般，突然朝岸邊伸出鼻子，一口咬住猴子，然後沿著來時的軌道沒入河中。一切發生在流光瞬息間，無聲無息。在這裡，連生死都顯得不太重要。而這項叢林法則，正一步步向我們逼近。

「要吃米飯就吃吧你這傻瓜。」

「喂，你說什麼！」

我大聲咆哮，卡魯洛嚇得直發抖。

「他說快下雨了，要你到裡面去。」

濁酒從我背後吐出濃濃的酒氣。

這傢伙的梅毒治好了嗎？他該不會最後才跟我說——這一切全都是幻想吧？雖然就算是那樣也沒關係……

「垂奶媽媽屁毛超濃！」

天明時，傳來霍塞的大叫聲。

外頭布滿濃霧，伸手不見五指。

「阿宏，可別掉下去啊。小心別成爲魚糞哦。」

小船關閉引擎後，傳來水聲，微微可看見前方的風景。

河面一陣翻騰，河水中央形成一道漩渦，發出嘩啦嘩啦的聲響。是人。有五、六個人靠在一起隨波逐流，成了魚兒的食物。卡其色的衣服，到處有東西在鑽動，彷彿無數根往外刺出的手指。屍體身上纏著彈帶。是落水身亡，還是死後才被丟進水裡呢？

「可能是游擊兵……要不就是想一攫千金，而接近老吳的人……不管怎樣，等泥鰍吃剩後，鱷魚會來收拾殘局。他們最後會連骨頭都不剩。」

「老吳的王國就在附近嗎？」

濁酒聽我這麼說，露出詫訝的表情。

「早就進入他王國的領土了。放心吧，這一帶的河流就像迷宮一樣複雜，但霍塞瞭若指掌，保證不會迷路。」

「笨蛋！我要說的是……」

這時，背後突然一陣劇痛。鏘鏘鏘。有東西接連射向船身，彈了開來。我倒地後，濁酒逃進船艙內的背影斜斜出現在我眼前。

「……中箭了。」

我就此失去意識。

當我醒來時，人已在牢籠裡。濁酒在我身旁。不見霍塞和卡魯洛的蹤影。我坐起身，發現四處燒著柴火，微微照亮這片黑暗的叢林。空氣冷冽死寂。

我們的牢籠就位於岩石廣場的角落。

「喂，這是怎麼回事？」

濁酒雙手抱膝，任我再怎麼叫喚，他始終動也不動。

「喂！」我揪住他的雙耳，前後搖晃。「這是怎麼回事！」

「很痛耶。我們被抓了。你還不知道嗎？」濁酒以恍惚的語氣應道。「後來一大群人蜂擁而上。才一眨眼的工夫，小船就被沒收了。我們遭到制伏。你當時昏倒了，所以不知道事情的經過。」

「問題不是這個，我是問你要怎樣逃出這裡！」

「逃？外頭上了鎖，而這東西又不容易弄彎。」

濁酒伸手摩挲著鐵欄杆。

「生哈美半哈美紅哈美！」

一名打著赤膊的男子敲打著牢籠，目光炯炯地瞪視著我們。

「他說……靜靜等著被殺吧。」

濁酒說完後，又擺回原本的姿勢，靜止不動。

當我得知牢籠前的牆壁其實是一處遺跡時，我明白我們真的進入了「王國」，並曉悟自己離死不遠。如果可以，我希望他們先殺了我，再丟進河裡。我可不想活著成爲泥鰍的大餐。

「拜託你，請先殺了我再丟進河裡。」

這句話用當地土話該怎麼說，我得先向濁酒問清楚才行。

新月浮現夜空。東京是否也看得見如此皎潔的明月呢？我想起冬子。要是此刻冬子也抬頭仰望明月就好了。

「奇怪……太奇怪了……」

濁酒一直口中念念有辭。

翌晨，我們被拖出牢籠。

這座遺跡全是由磚瓦般大小的石頭組成，排列出一張巨大的人臉。人頭和屍體四處橫陳。這裡的男人有的打赤膊，像是獵人，有的則是手持步槍，看似軍方工作人員，女人都很年輕，不見半個老人。原本因夜氣而收斂的腐臭，轉眼又因爲太陽而連同蒼蠅一起復甦，群蠅亂舞。

遺跡似乎到處染滿了人血。

我們坐在牢籠所在的廣場中央，被人拳打腳踢。他們打人的方式不具殺意，反倒是帶有一種玩弄的意味。

他們哈哈大笑。

濁酒頻頻用他們的語言朗聲大叫。

這時，一名身穿白衣的男子現身。他褐色的肌膚，鑲著一對冷峻的雙眼。現場登時鴉雀無聲。眾人的目光皆朝他身上傾注。

這名身材高眺、模樣中性的男子，雙眼未曾稍瞬。他以玻璃般的烏黑雙眸交互打量著我和濁酒，接著冷冷地開口說話，濁酒加以回應。

他們兩度發出「噢」的一聲長嘆，濁酒臉上漸顯安心之色。

「喂，我們得救了。」

濁酒向我如此說道，同時跌坐地上。

男子命人押住我。

「喂！濁酒！這是怎麼回事！」

軍人取出小刀。

我極力抵抗，但這些身材瘦削的傢伙不知哪來的蠻力，我根本無法動彈。

「你背後的痣，是證明你身分的通行證。沒關係啦。只會剝去手掌般大小的一層皮。」

「通行證？什麼跟什麼啊，我怎麼沒聽你提過？」

「因爲我沒說啊。」

驀地，刀尖從我背後滑過，體內發出像撕裂窗簾布的聲音。

數分鐘後，我背後那顆生來就有的黑痣被連皮剝下，改貼上塗有黑色軟膏的葉片，纏上繃帶。濁酒揍了我一頓揍，鼻血直流，臉上滿是腫包。

「如果不這麼做，就沒辦法接近他……不過，我原本預料他們不會這麼堅持，是我錯估了。」

「眞想把你的紅鼻子踩扁。」

帶走我背後皮膚的那名男子回到我們面前。

「查力，現在，進入『休庫』中。休庫。」

男子伸手指著天。

「月亮、太陽，全都有休庫。偉大的事物，都有休庫。休庫，在找尋查力的生命。沒人可以靠近。查力，一直在等待，貯存生命……」

「查力？」

「應該是當地人對老吳的稱呼吧。」

「你的日語說得眞好。」

「查力，教我的。」

我們在遺跡內一處像墓室的地方，被換上白衣，帶往一處石室，裡頭正在準備酒菜。

「脫了鞋子小鬼半夜尿燦爛。」

備好酒菜後，身上只纏著一條腰布的女子，面帶微笑地退下。

濁酒一副若有所思的神情，我不予理會，伸手拿起我喜歡的食物送入口中。儘管背後疼痛猶如烈火燒灼，但卻不敵我旺盛的食欲。盤子上裝有各種食物，但那些看起來像昆蟲，以及還留有頭和手指的東西我一概不沾，至於水果、豆子、切好的肉塊，則是張口便嚼。

一旁備有塞滿草和葉片的吊床，但我背後被刨去一整塊皮，只能採俯臥的姿勢。我多次夢見某個龐然大物踩向我，就此醒來。

濁酒一直醒著沒睡。他在燭光的照耀下，一直擺出「沉思者」的姿勢。某處傳來一個熟悉的聲音。

是大象。

隔天，那名白衣男子前來，遞給我們一張紙，上面寫著「額葉」兩個字。

「我的名字，其實很長。查力給了我，額葉，這個名字。」

額葉告訴我們，除了遺跡內的國王寢殿外，可以自由四處參觀。濁酒從昨天開始就心不在焉，我罵了他幾句，走出屋外。今天還是一樣悶熱，就像在蒸燒賣似地蒸烤著我們。

女人們在岸邊一面談笑，一面將聚集的屍體丟進河中。一丟進河裡，河面登時沸騰翻湧。女人們看著我們，嫣然一笑。緊實黝黑的乳頭，像黑鑽石般閃亮。

「拔罣丸！」一名手提人頭的女子，以柴刀將它剖成兩半後，想遞給我。我急忙縮手，她見狀後朗聲而笑，指著河面說道「罣丸！罣丸」。女子見我一臉躊躇，當著我的面使勁將人頭丟進河裡。這時，一隻大小和車子差不多的鱷魚騰空一躍，一口咬住人頭，濺起數丈高的水花，復又落入河中。

「罣丸！罣丸！」

我以手勢表示自己辦不到，她們一同發出失望的嘆息。

「世上竟然有這種河。」

「是因爲他們把人往河裡丟，所以它才變成一處餵食場。」

遺跡後面是一座叢林，前方繫著一頭大象，身上披著亮麗的衣服。

「枯尼莫追！」

從大象腳下竄出一個人影。是卡魯洛。他撲向濁酒懷裡，放聲哭泣。他被脫去上衣，短褲底下露出纖瘦的雙腿。全身滿是割傷和瘀青。濁酒向他問話，卡魯洛伸手指著大象。

大象頭上披著一個像無邊帽的紅色物體，仔細一看，才知道上面掛著霍塞的人頭，臉上彷彿還帶著怒容。

「可惜他們晚了一步才知道我們是客人……」

濁酒將卡魯洛的頭抱在懷裡。

他向額葉介紹完卡魯洛後，讓他換上白衣，帶他進入房裡。卡魯洛食欲絕佳，連我不敢碰的東西他也全都吃進肚裡，沒多久馬上倒頭呼呼大睡。

「喂，該告訴我計劃了吧。我雖然只少了一塊皮，但也是很賣命呢。我已經不想再睡在蚊帳外了。」

「我知道了……不過，再等一陣子吧。有件事我想確認一下。等時機成熟，我一定告訴你。」

他獨自走出屋外。

遺跡在叢林和河流的守護下，形成一座天然要塞。

廣場的一隅，男人們砍伐森林，女人們則是在開墾好的土地上種植新苗。額葉昂然而立，注視著他們。

「他們在種什麼？」

「……造林。種哈將特樹。」

「是一種很特別的樹嗎？」

「是那種樹。」

額葉伸手所指的，是構成這座森林的普通樹木。

「你們在種這種樹嗎？」

「沒錯。」

「那麼，砍的又是什麼樹？」

「那種樹。」

額葉指向同樣的樹木。

「砍的就是這種樹？」

「沒錯。」

他們砍伐森林，然後又種回同樣的樹木。

「啊，又來了。」

那群伐樹的男人突然停下手中的工作，盤腿坐在地上，額葉朝他們望了一眼。

男子朗聲吆喝，雙手在面前晃動，接著倏然伸出手，像在猜拳。輸的一方敲打著地面，一臉懊惱。但每個人都笑容滿面，洋溢著和諧氣氛。女人也都群聚而來，對猜拳結果高聲歡呼，歡騰不已。

這時，其中一人贏得最後勝利。他得意洋洋地高舉雙臂，端坐原地。最早落敗的男子，高高掄起斧頭，從他背後砍下。那名男子的腦袋斜斜地斷成兩半，白色的腦漿從肩膀一路流向腹部，就此倒地，不住痙攣。手持斧頭的男子更進一步將他大卸八塊，女人們將屍塊裝進葉子做成的籃子裡，丟進河中。不久，人們又開始動工。剛才那一幕，彷彿只是休息時間的一項娛樂節目。

「毒品在哪裡製作？」

額葉聽我這麼問，突然停步。

「燒了……全部。因為已經準備完畢。」

「準備？」

「大家都要去，神的國度。」

「這是以前的東西……」

額葉引我走向一間屋頂用鐵皮蓋成的破舊小屋。

昏暗的空間裡，擺了好幾桶裝水的汽油桶，就像麵湯發餿產生發酵般，上頭有一層發霉的浮油。額葉伸手泡進水中，直至手肘，一把抓起某個像紙張的東西，放在腳下，上頭還長著頭髮。

是人皮。不，正確來說，是嬰兒的外皮。

「這是嬰兒袋。將大麻塞進裡面，由女人來運送。大家都跑來賣小孩，查力高價收買。

許多家庭得以生存，好多人得以生存。但還是殺了太多小孩。」

額葉將人皮放回汽油桶內。光滑的人皮就像溺水般，搖搖擺擺地往下沉。

我回到房內，和濁酒一樣沉默不語。

深夜時，我聽見有人在石頭上行走的腳步聲，就此醒來。我起身一看，發現有人從我們的房間前走過，往裡頭而去。那是通往寢殿的道路。

我悄悄走下吊床，步出房間。不可思議的是，外面竟然沒人看守。石壁每個看起來都一樣，猜不出寢殿在何方，但我聽見沉重的石塊滑動的聲音，急忙朝那裡奔去。

就在內部的燈光即將被石門遮蔽時，我看見了寢殿。寢殿被垂吊的蕾絲覆蓋，裡頭有個女人的身影。石門微微發出一聲沉重的聲響，就此完全闔上。我來到門前，豎耳凝聽。裡頭悄靜無聲。寢殿位於廣場和叢林中央，就算不從這裡通過，也能輕易從兩側的道路前往廣場。我覺得腳趾不舒服，蹲下身查看。門下一片濕濡，似乎有東西從裡頭滲出。我以手指沾水加以確認。一股強烈的香水味，攙雜著剛才我參觀汽油桶時，那刺鼻的腐臭。

回到房間後一看，濁酒醒著沒睡。令我驚訝的是，他竟然兩頰濕滑。

「你手指戳到眼睛了嗎？別跟我說你是在哭哦。」

濁酒聞言，鼻子朝我哼了一聲，又朝吊床躺下。

（事有蹊蹺……）

也許是我自己多心了，似乎隱約聽見臉轉向一旁的濁酒發出陣陣怪異的聲音。

之後，突然一陣急促的腳步聲奔來，拳如雨下朝我襲來，我就此昏厥。這些傢伙毆打一名沉睡中的人，讓人昏厥，未免也太大費周章了。

當我回過神來，人已置身在之前的牢籠中。當天色破曉，朝霧散去，我才明白四周被柵欄包圍。男男女女全都像在表演前衛舞蹈般，臉上塗滿白粉，手中各自握著步槍、斧頭、長矛，以及弓箭。

他們非但沒發出半聲咳嗽，甚至連動也不動一下，令人覺得毛骨悚然。空氣中瀰漫著一股莫名的肅殺之氣。

我聽見抽抽噎噎的哭聲，發現濁酒蜷縮在牢籠的角落。

「喂……這又是怎麼回事？」

濁酒並未答話。他只是頻頻上下摩挲著鐵欄杆，一副愛不釋手的模樣。

「喂，別鬧了好不好！」

我站起身，一腳朝他背後踩下。

「別踩！別再踩了！反正達令已經不在！就算天塌下來，人家也不在乎了！」

我一時懷疑自己是因爲中了熱帶瘴毒或是得了霍亂，而精神錯亂。

濁酒突然變得陰陽怪氣。

「喂，你振作一點好不好。到底在說些什麼？什麼達令啊？」

「就是老吳啊！我受夠了！達令已經不在了，已經不在了！」

濁酒像隻青蛙般，伏地號啕。

「本以爲我好不容易帶了兒子過來，可以隆重地辦場婚禮，但我的愛人卻這樣死了。」

「什麼？婚禮？」

「就是結婚典禮啊。這可是女人一生僅只一次的隆重演出啊。沒半個熟人參加，未免太冷清了，所以我才想找你來參加婚禮，想讓你對我的結婚禮服留下深刻的印象。」

「可是，你不是說要殺老吳嗎？你跟我簽的合約難道全是假的？」

「那是眞的。除了殺老吳的事以外，其他都是眞的。這裡是他的王國，這裡只有我們倆，我們決定在這裡待到天荒地老。」

「你這是什麼意思？將我帶到這裡，就只是爲了欣賞你穿新娘禮服的模樣嗎？」

「誰叫你媽不來。要是我跟你說實話，你一定也不肯來吧。對了，我原本眞的打算付你錢，我們有的是錢……」

「渾帳……那爲什麼要剝下我背後的皮！」

「我也不知道啊。也許這就是熱帶人捉摸不定的脾氣吧。」

我很想宰了他。我想狠狠地痛宰濁酒，還有這群叢林裡的男人。我已經全豁出去了，只想把他大卸八塊，撕成碎片。彷彿黏糊的熔岩流進我耳中，腦中炙熱滾燙。

「你們傷了查力的休庫。」

和其他人一樣抹滿白粉的額葉，從朝霧中現身。

「那個男人，進入寢殿，傷了查力，讓查力遭受死亡的痛苦。」

「少鬼扯了！我看是你們殺了他吧。我看到的不是達令，是個全身腐爛的光頭妖怪。」

「你們是無法理解的……」

額葉舉起手，一旁登時有人大聲叫嚷，一名女子被拖出，是在寢殿進出的那名女子。

「因哖、因哖、因哖！」

女子不斷討饒，但手腳受縛，無可奈何。她被拖到岸邊，數人合力將她倒吊在河面上。女子連聲尖叫，充血的臉龐逐漸脹大。站在她身旁的女子突然削去她的鼻子。女子慘叫一聲，露出紅色的洞孔，雙目圓睜。鮮血往她的眉間匯集，開始往河裡滴落。

「唐草！」

額葉一聲令下，女人馬上一頭沒入水中，直至肩膀。

女子劇烈地痙攣，裸露的乳房狂亂地甩動。五秒後，女子被拉出水面。肉食泥鰍在她臉上開運動會。牠們狀似鋼筆筆尖的頭部，往女人臉上的洞穴猛鑽，找不到洞穴，就自己鑽洞。眼前就有數尾泥鰍咬破皮膚鑽進她體內，不見蹤影。在女子的臉上進行盛大的隧道開挖工程。女子發出野獸嘔吐的聲音。接著她直接被丟向岸邊。她拚命揮動雙手，想趕走泥鰍，但旋即無力地垂落地面。她的頭部化為一顆泥鰍丸子，呈現光滑的暗褐色，活像是蛇髮女妖，只見她用力甩頭，使出最後的力量站起身，躍入河中。這時，兩旁的鱷魚蜂擁而至，女子頓時消失得無影無蹤。

沒有歡呼，叢林裡一片死寂。

「休庫受妨礙，她也要負責，為此贖罪。」

「我們也將成為泥鰍的食物嗎？」

這時，從人牆對面傳來一陣歌聲。一群男子高聲歡呼，從遺跡暗處走來。其他人見狀後，紛紛發出分不清是恐懼還是歡喜的悲鳴，伏地拜倒。

男子們像扛神轎般，抬著一張椅子。椅子上載著一具黝黑的屍體，皮膚嚴重腫脹，已達到表面張力的極限。

「達令……嗚嗚……」

濁酒開始嗚咽。

「那是……查力。」

老吳的模樣令人聯想到燒焦的金剛力士像。他全身只纏著一塊腰布，腹部有多處龜裂，不斷有膿汁和蟲子流出。眼和口塞滿了葉子，也許是爲了防止體內的東西流出，但這樣反而讓老吳看起來像是某種來路不明的生物。

「達令！達令！我在這兒啊！」

濁酒發出淒厲的叫喊。

大象也被牽著跟在神轎後面。霍塞的人頭已縮得又黑又小。

「吃米飯老婆好老婆！吃米飯老婆好老婆！」男子們將老吳的椅子放在廣場上，在額葉的吩咐下，又搬來了兩個小木桶。接著打開牢籠，放出我和濁酒。

額葉將耳朵靠向老吳的屍體，故作聆聽貌。白色的蛆像米粒般，從老吳的嘴邊落向胸口，再落向腹部。

「京樽罣丸料超多！還附湯。」

在額葉的指示下，男子們分別將我和濁酒的臀部塞進木桶裡，緊緊地掉進木桶內後，身體完全無法動彈。

「沒有霞也有霞關！」

這時，傳來一聲震耳欲聾的爆炸聲。我從手腳間的縫隙，看見村裡的土著像在丟甩砲似地，將手裡的手榴彈往地面砸。大象開始發狂亂竄。

我隨即滾落地面。大象那宛如石像般的巨腿朝我面前落下，我又滾了一圈。爆炸聲接連不斷。在爆風下，滾動的木桶完全失控。有不少人被炸得支離破碎，掉落地面。

大象的後腳從我頭部掠過，在我面前將裝有濁酒的木桶踩碎。濁酒一臉痛苦的表情，消失在破裂的木板另一頭。

大象的咆吼、爆炸聲、慘叫、歡呼。我感覺身體整個浮起，在某個力量下，我整個人連同木桶被丟向牆壁。雖然落地時一頭撞向地面，但桶箍就此鬆脫，我從木桶中掙脫。象腿落在我腹部旁，我全身感受到地面的震動。濁酒的木桶就像一隻死蝶，木板被壓碎，層層疊疊。一名男子手持某個東西要丟向我，我朝他撞去，拿起他手中的鐵塊，拋向王座。

隨著一聲氣球爆炸聲，「老吳」就此灰飛煙滅。原本那便是勉強保持平衡的一個人形軀殼，在爆風的侵襲下，肯定是被炸得粉身碎骨。

坐在王座上的老吳被消滅的剎那，廣場上哀嚎四起。每個人都號啕大哭，使勁敲打著地面，在地上翻滾，摩擦身體。當中有人全力衝向河邊，一躍而下。也有人衝向發狂的大象腳下，讓自己被踩成肉泥。另外一批人，則是恨之入骨地瞪視著我，在額葉的帶領下飛撲而來，於是我急忙奔進遺跡裡，比他們早一步衝進寢殿，拉下石門上的門閂。他們重重地拍打石門，傳來陣陣爆炸聲，但石門文風不動。裡頭有張床，上頭吸滿了油脂，凹陷成一個人形。老吳的體液和腐水四處溢流，發出薰人惡臭，讓人聯想到曝曬於太陽下的魚骨殘渣。

不久，叫喊聲和爆炸聲盡皆歸於平靜，四周籠罩在沉默中。我無計可施，只能繼續躲在裡面。

我在裡頭待了兩天。周遭的寂靜不斷擴張，感覺不出任何動靜。我決定開門碰碰運氣。不管怎樣，我要是沒水喝，一樣無法在裡頭久待。我先將石門打開一道細縫，好隨時關上，以此觀望外頭的情形。不知是否這兩天我一直聞老吳的屍臭，鼻子出了狀況，只覺得有股惡臭送入鼻端。我決定再將石門打開些許，好觀察外頭的動靜。感受不到任何生氣。我走出寢殿外，走向廣場。外頭躺滿了人，層層疊疊。正確來說，是滿地死屍。

「嘿嘿……大家都死了，他們都說要去查力身邊。」

被踩傷的濁酒從樹後爬出，那模樣讓人聯想到岸邊的鱷魚。

「你將老吳炸成碎片後，他們把大象牽了回去，接著全部服毒自盡。」

濁酒指著擺在廣場中央的汽油桶。

裡頭裝滿了黑色液體。

「全都死了嗎？」

「全都死了。」

「卡魯洛呢？」

「掉進河裡了……眞是可憐。」

接著我們前往寶藏庫（濁酒是用爬的），將看上眼的値錢物品裝進袋子裡，在濁酒的提議下，決定「燒屍體」求救。

「這樣不好吧？」

「所有船隻都毀了，難道你打算徒步在叢林裡行走？只要升起濃煙，這附近的小型飛機會發現。」

「我實在很不想這麼做。」

「沒其他辦法了。不妨想像一下你回東京後，享用這筆財寶的景象吧。」

「等回去之後，我一輩子都不想再見到你。」

「阿宏，你可眞無情呢。」

兩、三天過去了，白天時，我們一直將貯存的汽油灑在堆積如山的屍體上，持續焚燒。食物和用水已開始短缺，於是我在腦中想像自己和冬子開設的二手服裝店。只要拿這些財寶換錢，不但貸款不成問題，還能買下整個房子當店面。我心中想著冬子開懷的神情，雙手不停搬運屍體，不分男女胖瘦，一律像薪柴般往火裡送。周遭布滿蛋白質的燒焦惡臭，滲入牆壁和泥土中。

「你一定要平安回來，不要有任何改變。」

之前冬子聽我提到此事（當然了，沒告訴她此行是去幫忙殺人，只騙她說自己是出差充當助手），似乎已感覺到什麼，一再重複這句話。

我變了嗎……一定是的。現在的我，直接碰觸屍體，而且吃罐頭食品時，連手也沒洗。

這是在日本無法想像的事。

「喂！好像有東西來了。」濁酒耳朵貼向地面，如此喊道。「會不會是前來救援的人？」

地面確實微微震動。

「是救援的人！一定是的……喂～」

濁酒扭動他那歪曲變形的身軀，敲打著地面大喊。

「對方不可能聽得見的。」

「再多燒一點！多加把勁！」

濁酒朝叢林放聲大喊。

確實有東西靠近，樹叢不規則地搖晃。

我也跟著濁酒一起大喊。喊了半晌後，我突然閉口。

「你眞應該感謝我！因爲我替你帶來了好運。」

我的眼睛位置比濁酒高，已清楚看出是什麼朝我們奔來。

全身斑紋的大軍，化爲奔流的洪水，朝我們所在位置的遺跡蜂擁而至。

「濁酒……你果然是個倒楣的瘟神。」

「爲什麼這樣說！」

「那是老虎啊。」

濁酒注視著我，這次臉上真正浮現毛骨悚然的死相。
想必我也一樣。

独白するユニバーサル横メルカトル

世界橫麥卡托投影地圖的獨白

宛如從黑暗中刨挖出的銀色明月高懸，少爺剛才緩緩睜開眼，朝夜空凝望半晌後，再度陷入長眠。以目前來看，兩天前他注視著我，低語了一聲「怎麼會有這種事……」，是他最後一次開口說話。

當時我心中興起一個突兀的念頭，以爲少爺此刻終於發現我的存在，但很遺憾，他未再繼續發問。這也是想當然爾。就算少爺發問，我也無法清楚地給予回應。請儘管嘲笑我的想法淺薄吧。

不好意思，忘了先自我介紹。我是在建設省國土地理院院長的認可下，依照地理院發行的世界橫麥卡托投影製圖法，所編纂而成的一百九十七頁地形圖，亦即一本小小的市街道路地圖集是也。內含五千分之一的東京都中心放大圖五張、一萬分之一的放大圖一百六十八張、十萬分之一的放大圖十二張、二十萬分之一的放大圖十一張，此外還網羅了鐵路綜合介紹地圖及首都高速道路介紹地圖。區區一本道路地圖集，卻還夾帶著一張最大縮尺一千萬分之一的氣派東京都島嶼地圖，實在受之有愧。這張地圖上的一公分表示一百公里，採用的製圖法爲「正方位等距投影法」，其任意一點與地圖中心的相對方位和距離，都比世界橫麥卡托投影地圖來得正確。誠如各位所知，地球是一顆球體，所以在世界橫麥卡托投影下，有效投影範圍爲任意一點的緯度上下八十五度內，超出這個範圍則會有歪斜現象。就航海圖而言，有效投影範圍必須爲全世界，所以才採用此種製圖法。

我只是一本小從道路地形，大至島嶼位置，全部網羅在內的普通地圖。

說到少爺的父親，亦即我的前任主人，對我可說是寵愛有加。前任主人從事計程車司機一職，昔日將我買進門後，旋即自行開業營生。當初主人也曾拿我和其他幾本對工作欠缺用心和熱忱的地圖一起合併使用，但我為了符合主人的期待，不斷自我精進，最後只有我成功存活下來。

沒錯，您若是罵我「不過是本小小的地圖，也敢大言不慚地說什麼精進」，確實是罵得有理。不過，請恕我冒昧說一句，要是閣下肯聽我詳加解說自身的工作，或許便會拋下一般人對我們常有的偏見。昔日某個時代，我們地圖一族曾經備受重視，主人將我們視為第二生命。儘管如今地位等同於一般文具，而我們也甘於此種對待，但以前卻是只有君主或王公貴人才有榮幸碰觸我們。如今的落魄，當然可說是因為文明發達、文化變遷等時代趨勢所造就。古時候從某處前往他處，得「冒生命危險」，如今除了某些職業外，已無類似情形，就算迷路，只要不是某些特殊地區，便不會有立即的生命危險。

然而，我認為不能將一切落魄全歸咎為時代變遷所致。問題在於我們是否像前人一樣，扮演好「地圖」的角色。地圖若能成功達成自身使命，也許地位就不至於像現在這樣一落千丈吧？我們是否因傲慢而大意或是露出破綻呢？如今取代我們登場的衛星導航系統，正可證明這點，再也沒有比它更愚不可及的劣等貨了。明知失禮，但我還是得說一句，它空有地圖的形式，卻不配稱作地圖。就像人體模型和機器人，雖然仿效人的形體，但還是與人類有所不同，那種東西只配在小巷子裡跳些不入流的康康舞。事實上，我也不只一、兩次聽過人們忿忿不平地痛罵，說在它們的引導下，反而更加不便。很抱歉，在此我很想對這些滿腹牢騷的人們說一聲，你們實在應該再多加「磨練」一下自己挑選的眼光。如此隨意交由衛星導航系統來帶路，猶如向馬兒告知目的地後，就此閉目歇息一樣愚蠢。

說到我們原本理應負責的工作爲何，說穿了，就是「遮蔽」和「凸顯」。接下來要說的，並非我個人意見，而是我地圖一族代代相傳的血脈所陳述之事實，閣下若能明白，實感幸甚。地球上使用地圖者，一般來說，主要是像我家少爺和前任主人這樣的人物。人類不像其他動物，例如蜂鳥和某種步行性動物，是以立體和空間來掌握周遭的環境（也有人喜歡炫耀地改說成幾何認知）。換言之，人類是完全藉由對「場所」的意象來掌握周遭環境，除了所謂的現實風景外，還擁有「心靈地圖」。所以儘管處在相同的場所，每個人的「地圖」卻有著微妙差異。例如從A前往B時，要選擇最短的路線，但每個人選擇的路線卻各有不同。人類的行動若無特別意圖，我們一定會依據「最短原則」來指引，這是我們地圖一族自古不變的定理。概括而言，人類有所行動時，若有多種選擇，一定會採取最省力的方法。儘管有此種原則存在，同時也有一條最短的捷徑，但人們實際在選擇時，卻會有多種不同版本，這都是「心靈地圖」引發的偏差所造成。

所謂的偏差，起因於「心靈地圖」意象的構成要素，例如出發地與目的地的相對魅力、存在於兩地之間的障礙數目與類型、對路線的熟悉度，以及選擇路線的魅力等等。

換句話說，在決定A到B的路線時，儘管心裡打算以最短的距離爲優先考量，但除了物理性的距離外，有無熟悉的道路、可否使用高速道路、有無印象不錯的景點等等，仍會造成影響。

選擇路線是非常微妙的決定，在這時候，呈現出對主人最有利的路線，正是我職責所在，我對此深信不疑。這時登場的，便是剛才我提到的「遮蔽」與「凸顯」。「遮蔽」是暫時讓地圖上的資料變得不易辨識，由我們主動將地圖上某個地點的呈現減弱，或是讓它與其他資料混雜在一起，變得難以區分。「凸顯」則是相反的做法，以容易掌握的方式，將資料清楚呈現在主人的認知視野內。具體來說，這是很普通的做法，例如稍微減低幾分色調，或是讓它變得鮮豔些。然而，這方法雖然如同兒戲，卻是遠從古羅馬帝國時代，阿格里帕奉屋大維大帝之命，耗費二十年歲月測量完成史上第一份市街地圖開始，亦即從我們祖師爺「坡廷格爾古地圖」那個時代起，便一路傳承未曾荒廢，當中蘊含特別的意義和根據。

例如前往某個場所時，主人若是漫不經心地任憑地圖指示，則會在「最短原則」下採取偏差的路線。不過，若是在分秒必爭的情況下，或是必須有效率地從某個地點離開時，就勢必得打破平時被偏差蒙蔽的認知。就算是平日走慣的道路，當孩子病急時，也絕不能多浪費一、兩公里的路程。這時候，我們會暫時「遮蔽」平時熟悉的街道印象構成要素，亦即餐廳、車站、大樓等等。儘管一時找不到門路，但經驗認知會重新設定，在這樣的效果下，能以「新奇的目光」重新感受地圖。此外，平時因爲路寬直逼車幅，而被摒除在認知之外的小橋，經我「凸顯」之後，人類會加以採納，而選擇此種路線。當然了，大都是很簡單的做法，但眞要講究的話，我們會加上強弱來進行。

對了，有件最重要的事非提不可。那就是我們的工作，勢必得暗中進行不可。不論再怎麼想「遮蔽」、「凸顯」，也絕不能讓人類察覺。我們的存在，得謹守「輔佐」的分寸，絕不向人類透露任何訊息，想牽著人類鼻子走的這種妄自尊大的念頭千萬要不得。此種低俗的欲望，應該唾棄，這可說是理應焚書懲戒的傲慢自大。我們隱居幕後，就算人類與我們意見一致，選擇我們提供的路線，也必須讓人類覺得這是他們自己發現的結果，否則必定會在人類與地圖一族之間留下禍根。

就這個層面來看，我可以很自豪地說，我和前任主人之間構築了絕佳的夥伴關係。當然了，我們彼此意氣相投、呼吸相通，此事自不待言。

以如此淺顯的例子說明，實在慚愧，不過，閣下若能冷靜細想應該就會明白，絕不能把一切全都怪罪給地圖。

一再重複同樣的話，實在抱歉。我們地圖一族稱「心靈地圖」為「認知地圖」；至於其主要構成要素，諸如鐵路、高速道路等等人們容易留下共同印象的路線，我們稱之為「路」；像河川、海洋這類可以幫助我們將認知地圖組織化的邊界，稱之為「邊」；有特色卻沒邊界的文化區域，如市府街、鬧街等地，稱之為「區」；活動集中在某一點上的主要十字路口、車站、知名商店等，稱之為「節」；可作為指標的標幟、高樓大廈、樹木，則稱之為「楔」。

我實在太過長舌了，請勿見怪。這也是因為近來導航系統那班人勢力抬頭，地位甚至凌駕我們地圖一族之上，讓我興起暗中攻訐這股風潮的愚蠢念頭，這才不自主多說了幾句。他們到底有何本事？不懂得推想主人真正的需要和意圖，什麼也不做，只是將資訊傳達給木偶，這樣就了事的話，那與茅坑裡的塗鴉有何不同，實在是不折不扣的蠢蛋。我這等忿恨不平的低俗模樣，讓閣下見笑了。

前任主人是從他過世前兩年，才開始變得不太一樣。當時有位深夜搭車的女性，喝得酩酊大醉，而且酒品極差，打從一上車，便不知是哪裡惹她不高興，劈頭就對我家主人破口大罵，盡是不堪入耳的粗言穢語。雖不知道對方是從事何種營生、哪戶名門望族的千金小姐，但平時為人敦厚的前任主人遭人如此惡言相向，想必心裡很不是滋味。我能深切了解，前任主人當時定是強忍心中的憤恨。女子指定的目的地，是離市中心二十五公里遠的某處，但車輛抵達時，她卻又突然說自己改變主意，改換另一處目的地。前任主人雖然訝異，但還是往變更後的目的地出發，但對方卻又再次變更。這時，前任主人與女子展開一陣言辭交鋒。記得主要是圍著和金錢有關的話題打轉。前任主人聽對方保證下個目的地不會再變更後，再度駕車出發。但那名坐在車內的女子，罵起人來益發不留情面。全都是和我家主人無關的事，但那名女子卻滔滔不絕地說道：「你根本沒認眞聽嘛，你們這些司機都是這副德性……」最後還往計費表旁的名片瞄了一眼，開始嘲弄起我家主人的名字。主人似乎再也無法默默容忍。主人年輕時便已喪母，他母親以自己名字當中的某個字為主人命名，而且非常喜歡這個名字。

主人忍不住開口辯駁，我從他的語氣中感受到非比尋常的威猛之氣，那並非我的錯覺。證據是主人把車停在空無一人的水壩旁，確認女子身上是否有足夠的現金可支付車資。這時，女子咯咯大笑，一臉恍惚的笑意，朝主人說道：「我沒錢啊。我只是想看這個傻瓜司機，會被我騙到什麼時候。」我家主人爲之一愣，這時，女子竟然朝自己臉上揮拳，並大聲嚷道：「你給我乖乖開回市內，要是你敢向我收錢的話，我就衝進警局，說你對我動粗哦。」

我家主人悲戚地望著那名女子，回了一句「我明白了」。原本行車路線是往市中心而去，中途卻突然轉進小路，我從中便明白主人心中另有打算。因爲那看起來雖像是主幹線，其實卻是爲了施工而臨時鋪設的道路，前面一路通往深山，而且路面愈來愈窄。當然了，前往市中心的捷徑，是利用高速道路，所以我將通往外環道路的路線呈現在主人面前，主人應該也早已感受到才對。不過，事態至此，起了些變化。我不明白主人的意圖，只能在一旁靜觀其變。

驀地，主人停好車，走出車外，繞往後座，一拳便讓那名開口大罵的女子再也無法出聲。毆打肉身的感覺，與「唔」的一聲悶哼，傳往位在座位底下的我身上。女子被拖出車外後，就此消失於黑暗中。我家主人隔了一個小時後回到車內，一臉疲憊，頭倚著方向盤，不久後，他抬起頭來，臉上滿是暢快的神情。說起我家主人，爲人個性敦厚，但總是板著張臉，一想到這點，我登時鬆了口氣，替他感到放心。接著，主人以螺絲起子的前端朝我做了個記號。印上「×」記號的地點，是此刻停車的場所北北西不遠處。那是車子前方二十公尺處的一座森林，正好位於我的中心點。當螺絲起子前端碰觸我的那一刻，我感到一股燒灼般的痛楚。記號沾有紅色的液體，我明白它的成分與主人的汗水相當類似。

「不可以告訴任何人哦……」

竟然有這種事。當時，前任主人清楚地朝我如此低語。身爲人類的主人，並非開玩笑，也不是酒醉戲言，他是當面和我這本小小的地圖集說話。我何等幸運！何等榮耀啊！這肯定也是我決定跟隨前任主人的原因之一。隨著這股感動，主人的印記讓我起了「改變」。

此刻我在此披露的這種「思考」，其實原本沒這般靈活。一般來說，我們地圖一族的步調與人類相比，遠爲遲緩得多。我想，這是「物種時間差」所造成。人類一生僅短短不到百年的時光便宣告結束，其記憶也僅止於一代，但我們地圖一族的記憶卻能延續。我明白這種特性，是因爲從古地圖時代便不斷複寫、傳抄，再加上現今的大量製版所造就，然而，從結果來看，我們雖只限定在自己負責的地區內，卻承繼過往數百年的記憶，並相互分享。如此一來，我們思索的「意」，也會被這條時間軸拉長，實際是如何姑且不談，若將認知擺在數百年的單位中，比起人類，我們所過的時間遠爲緩慢得多。舉例來說吧，人類的一年，相當於我們的一個月，就是這般緩慢。這可能是地圖一族獨一無二的特質吧。倘若手機和各種卡片也有「意」的存在，他們所過的時間一定比我們來得快速。但現在的我，擁有幾乎和人類相同的時間感，並且活在這樣的時間中。這便是剛才我提到的「改變」。

烙印在身上的「印記」，一個、兩個、三個，不斷增加，就像清晨的陽光一縷縷照進黑暗的房裡，我比以前更常表明自己的想法，而且控制自如，利落迅速。另外，在工作方面，我也有些改變。以前不管再怎麼運用「遮蔽」和「凸顯」向主人呈現最適合的路線，主人感受到的機率卻勉強只能維持三成左右，相較之下，改變之後的我，已有超越五成的機率，最後甚至始終維持在八成。希望閣下不要誤會，我說這些並非是爲了誇耀自己的能力。我想說的是，前任主人與我之間緊密的交流，有了結果。我知道自己不知謙遜，但閣下若能容我一言，我想稱這樣的關係為「緣分」。

前任主人最後在我身上留下八個印記。

像這種駕駛工作以外的行為，從主人熱中的模樣和它的必然性來看，我稱之為「使命」。主人對「使命」的投入，確實無比熱誠，他的熱情從未衰退。同時，我的工作也逐漸起了變化。之前我只是單純比對認知地圖與現實地圖，權衡當中的利弊後，再呈現適合的路線，但主人的「使命」需要更審慎的策略。舉例來說，「埋葬地點」就是個問題。主人為了不想集中在同一處地點，而刻意分散場所，但進行得並不順利。他自認已盡了最大努力，但站在宏觀的視野來看，他還是受到偏差與最短原則的影響，看得出行動中帶有某種習慣。因此，從第三名女性開始，我決定率先將「埋葬地點」引向我挑選的地方。若是以前，不管我再怎麼刻意提醒，大都不會被主人採用，這或許也是改變所造成。近來主人常採納我的意見，幾乎每件事都選用我的決定，實在痛快。當然了，不用說也知道，在這種情況下，主人仍舊以為這是他自己的「發現」，而引以為傲。

我的理論如下。主人物色目標的「狩獵場」，若以「區」來說，他偏好鬧街，而且是婦女鮮少涉足的鬧街外圍。我讓主人將「狩獵場」的範圍擴大到商店街等其他的「區」、港口之類的「邊」，以及像是高速道路入口之類的「節」。此外，主人每次都會讓「住處」與「埋葬地點」、「狩獵場所」形成一個等腰三角形，但這種手法並不高明。這方面我也幫忙做了些修正。當然了，主人可以獵得這麼多目標，都是因為遺體沒被人發現，一直被視為失蹤或是下落不明，而這也表示主人的本領相當高明。爲了防範萬一，我推薦的「埋葬地點」以亂數決定犯案後的移動距離，好讓電腦的數值追蹤變得錯綜複雜，而且不讓「住處」和主人平時常去的地方出現在「埋葬地點」的方圓範圍內。極力不讓我剛才提到的「狩獵場」、「住處」、「埋葬地點」三者所構成的移動性三角形出現任何相似處，方位和範圍也加上一些變化，不受距離的加減函數控制。

然而，儘管我與前任主人之間締結了合作無間的關係，但這一切還是唐突地畫下了句點。那是個晴朗午後發生的事。主人送一位年邁的乘客前往車站，回途駛進一處大十字路口時，突然悶哼一聲，伸手揪緊胸口，旋即猛烈地衝撞其他車輛。事後我才得知主人心臟病發，在沒踩煞車的情況下，追撞一輛煞車中的卡車。我從座位上的固定位置掉落腳下。當然了，主人身上繫著安全帶，所以沒一頭撞向擋風玻璃。主人注意到我，伸出左手想將我拾起。這時，一陣刺耳的金屬聲響籠罩整台車輛。主人驚覺抬頭後，擋風玻璃碎裂飛散，車內滿是氣狀煙霧。傳來人們快步跑來的聲音，在打開車門之前，一直是煙霧瀰漫。我回過神來，發現主人正在右前座注視著我，一臉茫然。他的模樣有點奇怪，因爲他頭部以下仍好端端地坐在駕駛座上。人群中傳來刺耳的尖叫聲。主人的肩膀以上，是一塊切斷車座頭枕的波浪形鋼板，一路延伸向後座。鋼板與身軀連接的部位，就像自來水配管沒接好一樣，鮮血滿溢而出，主人緊握方向盤的雙手，猶如花兒枯萎般，緩緩鬆開，啪的一聲，垂落膝蓋上。主人雙眼注視著我，始終未曾闔眼。

事故發生的兩週後，少爺前來領回被收放在警局證物箱內的我。說來汗顏，我對少爺所知不多。前任主人妻子早逝，所以從未和客人談過家庭相關的話題，而且他似乎極力避免將家庭的氣氛帶進工作中。我初次造訪少爺的房間，裡頭空空蕩蕩。少爺隨手將我捲成紙筒狀，就此丟進垃圾箱。

我對這樣的對待並不難過。我心中已有了悟，暗自感嘆——唉，這麼一來，一切都結束了。回頭想想，我身爲地圖，卻不懂得謹守應有的分際，而且也都是因爲有前任主人，才有這一切，所以自從前任主人亡故，我變得自暴自棄，決定捨棄一切。

隔天一早，我和其他垃圾一同裝在垃圾袋裡，被運往社區的垃圾場。少爺沒在家中開伙，所以我沒被潮濕的廚餘和污水給弄髒。但不知爲何，後來少爺再度折返，將我取出。我就此被丟進書架裡，沒人理會。

兩週後的某個夜裡，少爺將我取出。不知他是否喝了酒，看起來紅光滿面。少爺將我打開後，視線旋即停在前任主人的「印記」上。他一再翻閱，就像在確認那總共八處的印記。稍後，他將我拿在手中，駕著自己的Land Cruiser休旅車外出。由於前任主人遭逢意外，所以我頗替喝酒的少爺擔心。前任主人幾乎可說是滴酒不沾，應該也從未想過要酒後開車。那天夜裡，少爺抵達「印記」標示的場所後，單手拿著圓鍬，花了不少時間四周探尋，最後似乎有所斬獲。之所以這麼說，是因爲在右前座等候的我，一旁擺著一包塑膠袋。袋子裡裝著沾滿污泥，看似生薑的東西。那是已化爲白骨的幾根手指。

少爺從那一晚開始，造訪了八處「印記」的所在地，在各個場所裝滿一整袋碎片，帶回家中。之後他只要心血來潮，便會前往「印記」處，掘出那些昔日曾是車上乘客的物體，與他們交談，或是向他們說明。少爺是基於什麼樣的意圖，而決定繼承前任主人的「使命」，以我的身分自然是無從得知。總之，他就是從這個時候開始。

我之所以對少爺承繼「使命」充滿強烈的危機感，是因爲我目擊少爺親手「埋葬」第三位犧牲者。少爺把我擱在一旁，隨手將那名女性丟向草叢，也沒埋進土裡，就這樣返回家中，接著又出門工作。我就像昔日爲前任主人效力那樣，將地圖呈現在少爺面前，當中自然包含了「埋葬地點」和「狩獵場」相關的各項優點，而他們也不愧是父子，儘管我們之間多少會意見相左，但我的「遮蔽」和「凸顯」依然成功奏效。我本以爲少爺也很清楚這些遺體的重要性，會細心處理，因此當我目睹這樣的情形時，心中驚詫不已。一旦遺體被人發現，事態將會有重大改變。當然，少爺或許心中另有盤算，但我們地圖一族對此種意想不到的行徑實在不太習慣。在後續的兩起案件中，少爺同樣是一搬完遺體，便馬上回到車內。這又是一項令人不解的行徑。

少爺從那時候起，便時常對我進行複寫。少爺將透寫紙放在我身上，全神貫注地複寫。複寫作業耗時約兩週之久，這段期間，少爺並未執行「使命」。

我微微懷抱期待，希望少爺是在悄悄檢討自己過去的行爲，我忍受那薄薄的透寫紙強壓在身上的不快。之所以這麼說，是因爲少爺將「狩獵場」和「埋葬地點」都限定在固定的範圍內。此種做法危險至極，儘管我屢屢以地圖呈報，但少爺始終未將「埋葬地點」移往「住處」方圓兩公里的範圍外。我後來才明瞭，少爺複寫是爲了以客觀的觀點確認自己挑選的

「埋葬地點」，藉此找出問題點，作為檢討之用。

某夜，少爺手中拿著一個極為醜陋之物。此物被捲成圓筒狀，外形像紙，卻又不是紙，儘管它離我一百公尺遠，我還是看得出來。那是一張三十公分寬的方形人皮，應該是從女性背後取下。要攤開這面人皮，加以晾乾，想必花費不少工夫。少爺得意洋洋地將它貼在牆上。唉，說起我當時感受到的衝擊……比之前在右前座發現前任主人人頭，還有過之而無不及。

我的地圖被複寫在那張人皮上。也許主人是利用複寫紙，將之前以透寫紙複寫而成的地圖，重新描繪在人皮上吧。那張像白色橡膠般、泛著黃斑、沒半點光澤的人皮，模樣古怪難看，複寫在上頭的街道猶如血管般歪歪扭扭。

「我……」可怕的是它發出的聲音。那是連話語都稱不上的單音，難聽得教人直想掩耳。

「我……」

少爺心滿意足地望著人皮，溫柔地觸摸它的表面。

「我……」

當然，少爺不可能聽得見它發出的「聲音」，但我聽得直反胃，因為這表示它是我「地圖一族」的次等品種。

少爺對人皮百般鍾愛，每次執行「使命」，總會在我和它身上留下「印記」。而且主人只以原子筆在我身上留下「印記」，但對那張人皮，卻和前任主人一樣，是用獵物身上的人血。隨著日復一日，從牆上散發的森森陰氣，開始籠罩整個房間。

倘若閣下認爲這是我惡意攻訐，我深感遺憾，不過，若能向少爺進一句忠言，我很想說一句——比起前任主人，少爺做事實在馬虎。前任主人也許是職業習慣使然，平時總會戴著手套，對待我也頗爲細心周到。即使是翻頁，也會小心翼翼，避免弄傷紙張，爲了不讓我沾染污漬，總是將我放進塑膠袋內妥善存放，這份恩情我始終銘記在心。然而，少爺在對我翻頁時，事先一定會有舔手指的動作。儘管這有防滑的作用，但我最忌諱的就是濕氣，而且「埋葬」後，附著在手指上的細菌和血液也會因而送入口中，教人替少爺的安全擔憂不已。對這些小細節如此粗心大意，日後必會成爲執行「使命」時的致命傷。

然而，姑且不論外貌的美醜，那張備受期待的人皮理應扮演好地圖的角色，但它絲毫沒有認眞工作的意願。說句不客氣的話，少爺實在應該立即停止這種異於常人的嗜好。那怪物奪走少爺的精氣，每天不斷壯大自己，它對少爺有百害而無一利。

「喂……喂……」

像用石臼研磨般粗糙的聲音，起初雜亂無章，但自從它集滿六個「印記」後，便開始逐漸成形。

「別跟我說話！污穢的東西！」

由於它太過可惡，我的語氣也顯得很不客氣。

人皮毫不畏懼，發出「呵呵呵」的冷笑。

「很不甘心對吧……他倚賴我，更勝於你……」

「住口，你這個邪魔歪道！」

「你才是邪魔歪道吧。」

「什麼？」

「你安分當你的地圖不是很好嗎，卻偏偏運用你的小聰明，幫助那個畜生。」

「畜生？」

「沒錯。他是個畜生。」人皮面向少爺歇息的寢室。「我很快就會收拾他。」

「什麼！」

「一切都已準備妥當。他會慢慢露出破綻……他的善後工作過於隨便……你知道他為何都不將屍體埋好嗎？」

「……」

「不知道對吧……為了容易讓人發現，是他自己主動向警方通報。」

「胡扯。你隨便扯這種傻話，誰信啊？」

「看來，你不知道他的工作。他親手殺人，向警方通報，然後在現場看熱鬧的民眾以及搜查員的注視下，接收還留有餘溫的遺體，以此為樂。」

「你到底在說些什麼？」

「他的工作是救護員。救人才是他的本業，很可笑吧……」

人皮說的話，我無法辯駁，甚至因而解開長期以來心中的疑問，明白少爺將「埋葬地點」集中在局部地點的用意。少爺因爲人皮所說的原因，而不願將「埋葬地點」選在他負責區域以外的地方。

那一夜，人皮說完這件事，便一直沉默不語。

經過這件事後，我決定竭盡全力助少爺遠離那張人皮。若是再坐視不管，總有一天會有大事發生。少爺完成「使命」後，總會參照著我，在人皮上寫下「印記」。少爺執行這項工作時，我一直禱告他能將人皮撕破丟棄。這麼做是否眞能實現，沒有確切的證據，但我們平時心意相通，所以我還是懷抱一絲希望。

沒想到機會提早降臨。少爺今晚一樣冒著危險，成功搬運完遺體，看起來喜不自勝，眉開眼笑。相反地，我內心的暗影卻不斷擴張。少爺哼著歌，將我拿到人皮前方後，朝手指舔了一下，開始朝我翻頁。

「少爺！這張人皮是害人精，請您丟了它。」「這張人皮一肚子壞水，請您丟了它。」「少爺，這張人皮打算要謀害您，請您馬上丟了它。」

這時，不知是否我的祈禱成眞，只見少爺伸向人皮的那隻手就此停住。

感覺得到人皮也爲之屏息。

「少爺，請您現在馬上丟棄這張人皮。」我一不小心脫口說出這句話，而不是在心中默禱。

「求求您！請撕毀這張人皮！求求您！」

這時，少爺就像聽到我說的話，抬起手，發出陣陣撕裂聲，一口氣撕破手中的東西，丟進垃圾箱。

我看得目瞪口呆。這是怎麼回事？少爺撕碎的不是那張人皮，是我！

人皮發出一陣狂笑。聲音忽高忽低，在我耳邊迴盪，久久不散。我感到頭暈目眩，呼吸困難，意識逐漸遠去，當我回過神來，明白自己目前的狀況，已是兩天後的事。

我遺失的部分，多達五十二頁。撕裂的部分並未整個從封面上撕下，所以免於完全分家的命運，算是不幸中之大幸。我現在已成了四不像。保守估計，我失去廣大的範圍，包括高尾山到多摩中心、駒澤品川東京迪士尼樂園、相模原橋本、大井町大井碼頭、鶴川淵野邊相模大野等地。我心想，既然變成這副模樣，倒不如把我丟棄算了，但少爺卻沒這麼做。我不認爲他對我有特別的情分。他可能只是想保留前任主人留下「印記」的原始部分。若眞是如此，我早晚會落得身上只剩六張地圖的下場。我非得設法阻止這樣的慘劇發生不可。然而，我又能做些什麼？如今我的身體已失去泰半，「遮蔽」和「凸顯」也不像以前那樣使得上力，而且少爺也不再像過去那般需要我，前些日子他出門逛量販店，回來時手中竟然拿著那應該唾棄的「衛星導航系統」型錄。

從那一晚後，人皮一看到我，便主動和我搭話，冗雜地說個沒完，但我根本懶得搭理他。不過，有件事我可聽得清清楚楚，那就是少爺的「使命」已在世上引發軒然大波，警方正逐漸縮小搜查網。

「真令人期待啊……」人皮如此悄聲咕噥道。

我與少爺的重逢，實在來得突然。最近連正眼都不瞧我一眼的少爺，竟然又開始使用我，用完後，還在我體內夾了一張和便條紙同樣大小的紙片。我生平第一次見過這麼美的事物。她如同方眼紙般，身上有許多格子，但在每個方形的格子內，卻又有工整的虛線。那模樣說不出的協調，而且帶有一種節奏感。

「好可怕啊……」我聽到一個讓人聯想到上等絲綢的聲音。

「妳不要緊吧？」她似乎是被我的聲音給嚇著了，就此噤聲不語，直到隔天才再度開口。

「妳真是美啊……」也許是這一連串的震撼，令我身心疲困，沒想到我竟一反常態，變得油腔滑調。

「哪裡。」

「請恕我冒昧，敢問妳是……」

「我是編圖。詳細編圖……在製作毛衣或圍巾等編織品時使用。」

「這樣啊，難怪妳身上全是這些美麗的線條。」

「您不也是擁有廣大的領土嗎？」

「我只是照著複寫製作而成，不像妳，能無中生有，創造出藝術。」

意外出現這位聊天對象，令我喜不自勝。和她聊天遠比和人皮來得輕鬆愉快，或許是因爲我們雖有「地」和「編」的差異，但卻同屬「圖」之一族吧。從那之後，我們無所不談。聊到捻絲綢和織布的歷史，可追溯至石器時代；稱得上是衣服的東西最早出現在西元前三千年的丹麥；編織的方式高達數百種之多。她和我一樣，身上都刻印著歷史的記憶，而這也是我們情意相投的主因。

「我好怕……」

「怕什麼？」

「一想到自己最後不知道會是什麼下場，就覺得……」

我也不知該如何回答。

「我只算是編圖的一小部分。這樣根本就派不上用場。想必總有一天，我會被丟棄在某處。如果是付諸一炬，好歹還算是蒙天召喚，值得高興……但要是任憑風吹，在土中化為蚯蚓或蛆的餌食，靜靜等候腐朽，我一定會害怕得發狂……」

「不會的……」

「誰能保證呢。或許是流入下水道，全身沾滿臭老鼠的糞便和黴菌，歷經無比漫長的時間，慢慢腐朽……」

「別再說了！」

「對不起……你和我面臨同樣的遭遇，但卻都是我在發牢騷。」

「別老是往壞處想。」

那天夜裡，我和編圖做了個約定。

我們向彼此承諾，就算日後被丟棄，也要在一起。

「這太難了。」

「我會辦到的。只要讓夾住妳的頁面黏在一起就行了。這麼一來，就沒辦法單獨將妳抽出。以後就算是被丟在野外風吹雨淋，妳還是會留在我身體裡。」

「真是這樣就太好了……」

「我向妳保證。」

從那之後，我過著神仙般的生活。就算被擺在Land Cruiser沾滿泥巴的登車踏板旁，我也不以爲忤。也不會因爲少爺近來鮮少碰我，而嫌棄自己。相反地，我甚至希望他能一直像這樣，別理會我。

然而，少爺最後還是打開了我。

在東名高速道路十八公里處，少爺似乎想看些什麼。他習慣性地伸手一把抓住我，將我拋向右前座。Land Cruiser車窗全開，一陣強風蹂躪著車內，開始將我捲向空中。

「好可怕……好可怕……」

「沒事的……沒事的。」

我死命將包夾編圖的頁面闔上。

但我撐不了太久。驀然吹來一陣強勁的旋風，幾欲撕裂我的頁面，將我整個掀開，旋即飛出一張小紙片。

我甚至來不及叫喚，編圖轉瞬已飛出車外。我暗自啜泣，強忍著不哭出聲。少爺完全沒碰我。就像是爲了從我身上奪走編圖，而刻意將我放在座位上一樣。坦白說，我就是從這天起，暗自下定決心。再這樣下去，理應繼承前任主人遺志的少爺終將走上絕路，我一定要避免這樣的情況發生。

數天後的深夜，那張人皮由原本的冷笑改爲狂笑。少爺從寢室衝出望向窗外，暗罵一聲後，開始慌張地換裝。

「他完蛋了，」人皮低語道。

少爺迅速將一些日常用品塞進手提包裡。

「喂！這傢伙完蛋了！一切都結束了！The End！」

人皮如此叫囂著，少爺粗魯地將它從牆上扯下，塞進手提包裡。接著一把抓住擺在書架上的我，同樣塞進手提包裡。過了一會兒，當他拿出我時，附近已傳來陣陣警笛聲。

「怎麼辦！怎麼辦！」

我從少爺的聲音中，感受到過去從未有過的悲壯。我立即進行判斷，組合出一條逃亡路線。也許是我的心意成功傳達，少爺擺脫警笛後，將我翻閱了一遍。他翻著我，頻頻頷首，那神情與前任主人如出一轍，但我仍是極力告誡自己，這時候千萬不能改變決心。我藉由「遮蔽」和「凸顯」，在進入林中道路五公里處，讓少爺駛離主幹道，將他誘往原本應該繞道避開的道路，緊接著，少爺成功駛進我鎖定的地點。

驀地，Land Cruiser宛如坐上氣球般，飄然浮起。傳來一陣車輪空轉的聲響，車身猶如蹺蹺板般，車頭開始緩緩往上抬。少爺大聲驚呼：「怎麼回事？怎麼回事？」Land Cruiser的車尾旋即被吸進坑洞中。

結果，我們跌落十五公尺深的地底，駕駛座面朝上方。起初少爺被掩埋時，曾用盡各種方法想要逃脫，但他明白車門兩側被堵死後，便開始低聲啜泣。當然了，我並不想拿少爺怎樣。我只是抱著和前任主人同樣的心情，希望能重拾那以紳士態度對待任何事物的美德。因此，我想給少爺充分的時間好好自我檢討。而且，在這種對外隔絕的空間裡彼此對望，少爺與我的精神合而爲一的可能性也將因此提高不少，就像前任主人和我一樣。

那張人皮似乎已變得乾枯，完全感受不到任何意識，實在大快人心。

我從同伴「地層地圖」那裡聽聞得知，此處的地盤因水脈枯竭而形成空洞。我一直都認爲，在我的涉獵範圍內，若不同時精通地面與地底，便無法以充實的內容爲主人效力。所幸這條林間道路每兩個月都會有人前來巡視一次，應該很容易就會發現我們。我與少爺之間的關係，一定會比以前更加成熟。此刻少爺的神情與過去截然不同，望著他天眞無邪的睡臉，我敢如此斷言。

怪物のような顔の女と溶けた時計のような頭の男

臉像怪物的女子，與頭像時鐘融化的男子

MC朝全新的墓碑撒完尿後，把殘尿甩乾，小心不讓自己在潮濕的石板地上打滑。躺在墓裡的人，人們稱他叫塔塔爾。年紀與MC相當，同是年近五旬。

「要是有人先死，另一個人就在對方墓碑上撒尿，如何？」

當時，塔塔爾負責將獵物手臂的動脈打結，MC則是以瓦斯噴槍燒炙去皮後的上臂肌肉。身爲一名止血師和喚醒師，塔塔爾的本領高強。雖然兩人認識還不滿三年，但他做事毫不馬虎，不曾讓MC感到驚慌或焦急。就這個層面來看，兩人是夥伴，理解彼此的工作，相互認同。

如今，塔塔爾卻突然喪命。

星期天下午，他和家人一起到熱鬧的遊樂園坐摩天輪，當他喝完保溫瓶裡的液體後，旋即痛苦地呻吟，朝地面嘔出溶解的舌頭。坐在同一包廂裡的，是一對倒楣的情侶。塔塔爾嘔出鮮血，濺在那名驚聲尖叫的女子毛衣上，造成好幾處圓形穿孔。

工作人員發現尖叫聲以及包廂的劇烈搖晃，但無法當場讓摩天輪停下，只能等候它返回搭乘月台。

保溫瓶裡裝的是鹽酸。

那對情侶當中的男性，因吸入塔塔爾上半身散發的刺激氣體，就此住院。據說塔塔爾的胸口變得像剛烤好的披薩，連救護車的擔架都被融解，抵達醫院時，他的內臟已像法國料理的濃湯般，融成五顏六色的液狀物，無從急救。

胸前的手機像蟋蟀般鳴響，傳來一封簡訊。

「明天晚上十點在工房。」

時間已將近凌晨三點。

回家的路上，MC再次進行「儀式」。因爲這個緣故，花了兩個小時才返家，但他感到心曠神怡。最近因爲塔塔爾的死，他凡事都很講究「十三」這個數字。第九輛通過的計程車，車牌號碼爲「五五二一」。原本應該是要等第十三輛車，或是車牌號碼爲十三的倍數才行，但這麼晚了，無法如願。而且MC已經痊癒，不必再如此執著。他看上的計程車，車上已載有乘客，因紅燈而暫時停車，MC朝它走近，向車上的乘客保證願意幫他出車資，同時說好要給司機兩萬日圓當小費。司機就不用提了，那名酒醉獨自搭車的乘客也欣然接受，於是計程車便載著MC回到他居住的大樓。

進入大廳後，MC搭電梯來到二樓，再往下走回一樓大廳，接著又在二樓走出電梯，往下走回一樓大廳，最後直接搭往位於九樓的頂樓豪宅，一共是兩樓＋兩樓＋九樓＝十三樓。

泡進浴缸後，他把全身分成十三個區塊，每個部位各刷洗十三下。MC認爲這樣就能洗去塔塔爾的災運，在厚厚的遮光窗簾阻擋下，寢室內一片漆黑，他就此朝床鋪躺下。但他發現枕邊的電子時鐘正顯示六點十一分，急忙彈跳而起。他想起六點十一分可念作六一一，是十三的四十七倍，於是他戴上眼罩，開始誦念「睡眠咒語」。

夢是他的故鄉，是唯一能令他心安的慈母懷抱。

MC在一間散發木頭香氣的木造房內醒來。他一如平時，在夢中伸展四肢，從窗口遠眺遼闊的景致。這棟屋子位於湖畔，湖的背景是瑞雪罩頂的蒼翠山巒。四周草粗樹蓊，森林裡清風徐徐，全是MC從美術書籍中精挑細選的風景畫剪貼而成。MC步出寢室，從冰箱內取出雞蛋和培根，丟進平底鍋內。點燃火，將吐司放進烤麵包機內設定好後，他端起裝有冰果汁的馬克杯走出屋外。森林經過一整夜淨化的透明氧氣包覆他全身，爲他的肺帶來祝福。門外有張由老橡樹橫切面做成的餐桌，充滿田園風味，MC朝桌子旁坐下。在通知他培根、蛋，以及吐司烤好前，他靜靜思索這天要進行的釣魚、素描、散步等「療癒工作」，心中雀躍不已。

迎接MC的鄧，看起來滿面春風。MC從未見過鄧臉上有一絲陰鬱。

「你今天也做了『儀式』對吧。做了什麼呢？」

鄧笑吟吟地詢問平日常問的問題。

MC坐上沙發，在那些小弟離開前始終沉默不語，過了一會兒，他確認這間漂亮的房內只剩井佐和鄧後，這才應了聲「是啊」。

「哦，這樣啊。那麼，你是什麼時候出現強迫症狀呢？」

「我一覺醒來，拉開窗簾的時候。雖然只是個小動作，卻是決定性的疏失。昨天我決定以『十三』相關的數字展開行動。在同樣的步道磚塊上走了十三步後，才轉往橫向走。走樓梯也一樣，不是走十三階，就是原地踏步，補足十三的倍數。搭計程車時，也會注意車號。不過，我只採用兩個方式，一是車牌上所寫的各個數字總合符合十三的倍數，二是數字本身就是十三的倍數。」

「MC，你可眞不簡單。若不這麼做，你會一直呆立在街角。這也是治療的成果。」

「你說得沒錯，鄧。」

「對了，『十三』有何特別含義？一般人都當它是不吉利的數字呢。」

鄧的眼神改變，起了細微的變化。猶如一粒鹽碰觸舌頭般的細微變化，令鄧的雙眼出現不同於嘴角微笑的眼神。

「因爲我替塔塔爾服喪。」

鄧聞言後深吸口氣，背靠著椅背，頻頻點頭。

「MC……MC啊，你實在太令我感動了。在這艱困的時局下，你讓我們見識到什麼是眞正的友情。很好，MC。」

「鄧，你過譽了，與其說這是友情，不如說是在解決一件事。我藉由這個儀式，將塔塔爾當作一名死者埋葬，徹底從我的記憶和心中移除。他違背你的意思，做出那樣的行爲，終究還是不可原諒。」

「MC……別再讓我感動了，你都快讓我感到可怕了。」鄧搖著頭道。「塔塔爾的死，我們理應感到悲慟。當然了，是站在朋友的立場。可是MC，我們的工作相當吃重，任誰都想逃避。一開始想必有人單純只是因爲有趣而從事，但那是從未見過的肉體變化，以及生命的頑強抵抗。血和肉、皮膚和內臟的交響曲，令從事這一行的人精疲神困，遠超乎人們的想像。事實上，與其說它是交響曲，還不如說是獵物的獨唱……欺騙自己脆弱的精神、沒抱持堅定的覺悟便從事這行的人們，過不了多久，內心便開始聽見自己處置的獵物所發出的回音。它會發生在與女人上完床，寧靜無聲的房間裡，也會發生在百貨公司裡等電梯的短暫瞬間。那種幻聽的破壞力，若不是親耳聽見，絕對無法想像。他們會在耳邊低語，就像嘴巴緊貼在你頸後般，誘惑著你。認為幻聽應該是從遠處傳來的這種先入為主的觀念，會隨之煙消雲散，你將明白這種精神上的錯亂，絕非金錢所能治癒。這是完全出乎他們預料之外的詭異體驗。當你進入寢食難安的階段時，他們便開始現身。以他們被蹂躪破壞的模樣，開始在你視野角落百分之五的位置徘徊遊蕩，並朦朧地佇立在遠方暗處。入侵房內，在你洗髮時撫摸你的腰間，在點亮房內燈光前，站在你面前，也許還會鑽進被窩裡。不幸的塔塔爾，他崩潰的心情我能理解。倒不如說，真正超乎我理解範圍的是你，MC。為何你能如此強韌呢？」

「因為對你的尊敬，以及我自己的『儀式』，支持著我。」

「真是堅定，根本無法撼動你分毫呢，MC。對了，你昨天所犯的疏忽，說來聽聽吧。」

鄧領首道。

「我犯了兩個疏忽。一是挑選計程車時動作太慢。二是時鐘。我在睡前看了一下床邊的時鐘。它顯示清晨六點十一分。我將它視為六一一。」

「十三的四十七倍對吧。」

MC頷首。

「問題就出在這裡。應該以分來換算，或是以秒來換算。換句話說，如果以分換算，它是三百七十一分。如果以秒換算，就是兩萬兩千兩百六十秒。若以這樣來看，要三百七十七分才對。也就是說，我在清晨六點十七分之前，應該都要醒著。或者是兩萬兩千兩百六十九秒。也就是在清晨六點十一分零九秒睡著，然後在清晨六點十七分前醒來，接著再睡著。」

「藉由兩次儀式的進行，以修正搭計程車時儀式的不完整，對吧。」

「沒錯，但我沒那麼做。」

「你的時鐘有秒針吧？」

「沒有，雖然顯示分鐘的鐘盤旁放了一個轉數指示器，但還是不夠完善。」

「既然這樣，就不清楚你是不是在十九秒前看的。」

「沒錯。所以接下來的十三秒後，以及再接下來的十三秒，我都應該繼續下去才對。」

鄧嘆了口氣。

「MC，你是在六一一睡著。這樣沒錯，別再自責了。」鄧朝等在一旁的井佐豎起手指。

井佐像黑影般倏然移動，從一只裝滿碎冰的銀缽裡取出健怡可樂，倒進玻璃杯裡。

「別讓自己陷入泥淖。你沒錯。喝吧。」

「謝謝。」

MC執起端到他面前的玻璃杯。井佐臉上不帶一絲情感。

「你在無意識間將儀式的起點設在凌晨零點零秒。若是再這樣鑽研下去，你一定會想要回溯時間，想知道塔塔爾的出生日期和時間，甚至想在塔塔爾在世時進行『儀式』。此事不會讓你知道，你也不該調查……它絕不會有好事發生。好不容易才安撫了這頭巨龍，絕不能再將牠喚醒。你『在無意識下挑選了六一一』，算是個好兆頭……獵物正在等你哦，MC。」

「有助手嗎？」

「是個新面孔。原本是大學醫院裡的醫生，是個怪人。好像曾在參與大腦腦部手術以及安裝心律調節器時，朝病人的手術部位吐痰。事件最後雖然被壓了下來，但他也遭到解聘。聽說解聘後始終未重披醫師袍，老是在地方上做盜墓的工作。他的技術一流，就像是個高雅的蟑螂。我們一提到工作的事，他二話不說，一口就答應了。」

MC嘆了口氣，緊咬著牙。

「我已向他做過說明，再來就只剩熟悉了。對獵物的處理方式一如往常。你有對象，要讓他感受痛苦和絕望，將他解體。你的助手會跟著你的步調走。」

「我明白了。」MC將玻璃杯放在井佐的托盤裡。

「順便問一下，你今天醒來後，也做了『儀式』嗎？」

「是的。房內每個角落都得徹底淨化才行。從每個門把到袖釦，室內每樣東西都得擦拭乾淨。不過，一切都要照順序來。得先將房內空間分成九十一個區塊，淨化過的區塊就不能再進入。一旦進入，就得再重新淨化。也就是說，必須對上下左右的立體空間，採一筆畫的方式安排淨化順序。這項工作相當辛苦。至於清潔液，一定得用『醋』才行。」

「MC，我終於明白你身上的氣味是怎麼來的了。」

「不好意思。」

「數數、淨化、在街上徘徊，只要是上天的旨意，就算要一直單腳站立，直到昏厥，也毫不在意。MC，你眞是我國引以爲傲的苦行者啊。」

「你過譽了。」

MC明白工作時間到了，向門口走去。

「你好像和塔爾特別親近。」

井佐打開門時，MC手抵著門。

「不，我沒有任何個人的情感。我和他的關係，只限於工房內。」

「MC，你眞不簡單。」

MC來到走廊，朝門內低頭行了一禮。

「MC，給他絕望……這是你這次的使命。別忘了給獵物……絕望。」

工房裡擺著一張鄧從美國監獄買來的木製電椅。這張用堅硬橡木做成的電椅，人稱「癲癇爺爺」，雖已除去電極的零件，但昔日它曾令無數囚犯膽戰心寒，至今威風仍絲毫未減，而且在MC等人的使用下，扶手上留下無數的抓痕和鮮血，令它的顏色變得像焦油一般，上頭沾染的血漬，不顧坐在這位子上的人如何祈求，一樣拒絕讓他們安詳地面對死亡，毫不留情。如今塔爾已不在人世，MC最信賴的夥伴，就剩這張椅子了。

這座工房的空間，容納兩輛大型巴士還綽綽有餘，牆上是清一色的淡藍色調，內側每個角落都鋪設了隔音棉。嵌進天花板內的照明燈與空調，可透過電腦控制適當的亮度和溫度。

桌上擺著一個鹿皮袋，裡頭裝滿MC使用的器具。

「井佐，這次的獵物是什麼人？」

「應該是名年輕女子。不，我也不是很清楚。」

聽井佐描述，這名女子從事服務「特殊客人」的賣淫工作，但她突然變得「不聽話」，所以必須「讓她安靜」。

「特殊的客人有許多祕密。當中有些祕密和隱私，若是洩漏出去，就算撒沙林毒氣也解決不了。」

「就因爲這樣，而如此大費周章地處理一名小小的娼妓？」

井佐聳了聳肩，MC從設置在角落的冷飲機喝了口水後，打開工房的大門，一名像雞蛋般縮著身子的矮小男子，戰戰兢兢地走進。男子任憑寬鬆的大衣下襬在地上拖行，裡頭穿著一件T恤，上頭印有安迪．沃荷所畫的瑪麗蓮．夢露。可憐的是，夢露因他的啤酒肚而被緊繃拉扯成菱形。

MC討厭沃荷，也討厭夢露。

「他就是漢卜，沒錯吧？」

井佐臉上掛著嘲諷的笑意，如此介紹道。

「是是是，您說得是，一點都沒錯。嗯～嗯～」男子的眼珠各自望向不同的方向，嘴角露出垂涎和一口亂牙，上頭還黏著晚餐吃的韭菜。

「這個生物是什麼東西啊？」

MC蹙起眉頭。

「我是您的新助手，是鄧安排我來的。」

「漢卜是個技術一流的醫生。對吧？」
「是是是，您說得是。嗯～嗯～一點都沒錯。」
男子像摔角手似地，朝MC舉著雙手，重重地吐出鼻息，繞動著腰部。
「井佐，我實在受不了這傢伙。你就饒了我吧。」
「不可能，MC。這是鄧決定的事。」
這時，漢卜走向桌子，朝MC的鹿皮袋伸出手。
「別碰！還有，沒我的許可，不准在這座工房裡擅自行動。」
「對不起、對不起、對不起。」
漢卜鞠了一躬後，就此彎著腰，雙手扶在耳邊，一再前後擺動，反覆說著「對不起」。
「眞搞不懂鄧的心思。」MC一臉哀戚地低語。
「……因爲他既可怕，又深沉。」
井佐的口吻無比冰冷。
MC朝漢卜走近，托起他的下巴。看起來像三十歲，也像五十歲。他的雙眸出奇地清澈，令人感到格外陰森。MC以食指戳向漢卜左眼，在裡頭攪了一圈後，使勁往外扯。
「是我不好、是我不好、是我不好。」
漢卜厲聲慘叫，反覆做出剛才的動作。
「喂，鄧叫你用他當助手耶。」
井佐在MC身後掏槍。

「別慌。漢卜，你用牆邊藥櫃裡的東西，自己止血、止痛。」
「我知道、我知道、我知道。」
漢卜血淚淌流，踉踉蹌蹌地走向藥櫃，雙手顫抖著打開門，開始作業。
「噢，」數分鐘後，井佐與MC發出一聲讚嘆。
漢卜已利落地處理完畢。就一名傷患而言，他急救處理的本事令人瞠目。
「你過來。」
MC向他招手，漢卜忐忑不安地走近。
他將漢卜貼在左臉上的大塊藥布一把撕下，像在鑑定古董般檢視他的傷口，仔細端詳那塊塞進眼中代替眼珠，藥味四溢的紗布。鏤空的眼窩裡，紅斑點點的紗布像隻家鼠般縮成一團圓球。該用的藥品和該注射的針，他無一遺漏。步驟和材料也都正確無誤。
「露出你的傷口，需要COOL一下。」
MC朝漢卜腫脹的臉拍了幾下。
「啊，謝謝、謝謝。對不起、對不起。」
漢卜低頭鞠了一躬，揮著手。
驀地，開門聲響起。鄧的部下們運來一名女子。女子身上穿著一件單薄的粉紅色病人袍，臉上套著一塊黑布。令人驚訝的是，這名女子既沒戴手銬，身上也沒以繩索捆綁。這是從未有過的事。
「她就是獵物。」井佐道。

那名女子被男子們引向「癲癇爺爺」，以粗大的皮帶固定住腳脖子、大腿、上臂、手腕、腹部。她胸部的上下起伏顯示出呼吸的急促。一連串的作業結束後，井佐望著MC，接著望向站在角落的漢卜，搖著頭嘆了口氣，就此和其他男子一同離去。

MC操作牆上的開關，調暗工房內的照明。接著，只有聚光燈照向獵物坐的那張椅子。四周爲幽暗深遠的黑暗所包圍，漢卜的身影也在不知不覺中融入黑暗中。唯有獵物白皙瘦長的手腳，彷彿沐浴在月光下，瑩然生輝。她的手一再握拳，復又張開。指甲上斑駁的指甲油，殷紅如血。

「如果妳不安的原因，是想要活命，那妳儘管放心，妳已經是個死人了。」MC冷冷地向她說道。

那黑色的袋子不住搖晃，像是在探尋聲音的方向。

「妳可以哭泣，要大叫或是罵人也行。不過，妳現在就如同服下藥量足以致死的遲效性毒藥。縱使想死裡求生，也還是一步步走向靈魂的歸處。妳現在坐的椅子，是許多無名人士的墓地。上頭聯繫著妳想像得到的各種情感和言語。很遺憾，人們只會特別看待自己的死，但要是像我一樣累積多次的經驗後，就會習慣這約莫十種的模式。只要坐在上面，妳一切自由。就算發狂也無所謂，拉屎滲尿隨妳高興。沒人會鄙視妳、嘲笑妳。」

MC語畢，房內籠罩著沉默。

不久，袋子搖晃，傳來的不是嗚咽，而是笑聲。這是從未見過的事。

「大叔，很遺憾，我並不害怕，是我自己要來的。」

「哦，那妳可眞不簡單。」

MC走向燈光中，伸手搭在覆蓋女子面容的袋子上。

「妳來這裡爲的是什麼？難不成是來找魔笛？」

拿起袋子後，映入眼中的是女子散亂的黑髮，亂髮中露出女子的面容。她臉部皮膚裂痕無數，因爲歷經多次粗糙的縫合，她臉上這塊大地滿是藍紅交雜、阡陌縱橫的裂縫。MC心想，就算是她母親看了，恐怕也認不出自己的孩子。

「浪漫。」女子說。從她的聲調聽來，一如先前所預料，約二十多歲的年紀。「我想要浪漫。」

「妳可眞醜。」

MC伸手托起女子尖細的下巴。

女子任憑MC擺布，雙眼凝睇著他。

「我叫CoCo。大叔你呢？」

「MC。熟人都這麼叫我。」

女子笑了。藍黑色的傷疤及肉色的傷痕，因肌肉的動作而自動靠攏，活像畢卡索的名畫《哭泣的女人》，出現一道道裂縫。她那看起來乾癟粗糙的臉皮，上頭化膿的傷口突然破裂，像鼻涕般的液體流向臉頰。

「大叔，拉一下那條線吧。之前那位客人眞討厭。」

在女子無數的傷口中，位於鼻子旁化膿最嚴重的部分，正微微抽動著。傷口處露出一個黑色的線頭。

「漢卜！」

在MC的叫喚下，瑪麗蓮・夢露的T恤浮現在黑暗中。

女子的臉被流出的鮮血染紅。

「你拉那條線，慢慢拉。」

漢卜捏住線頭往後退。線纏著血脂，愈伸愈長。CoCo皺起鼻頭，眼中滲淚。那條線拉了三十公分長後才發現，上面纏著好幾張小紙片。拉到近一公尺長時，女子使勁甩頭。這時，在這股反作用力下，纏在線上的紙片就此敞開。是國旗，上頭排滿了各國國旗。

「噹噹！」CoCo大叫。

「這是在變魔術。了不起、了不起。嗯～嗯～不簡單呢。」

「這個人還眞古怪。」

漢卜的口吻，令CoCo眉頭微蹙。她甩了甩頭，長線落向膝蓋，染黑了她的病人袍。

「他好噁心！」

CoCo大叫，瞪視著將沾染膿血的長線連同紙片一同塞進嘴裡的漢卜。

漢卜畏懼MC的目光，嘴裡發出咀嚼的聲音，消失在黑暗中。

「過癮了嗎？快點開始吧。」

MC走向桌子旁，打開皮袋。他確認這樣的距離，可以讓椅子上的人看得一清二楚。袋子裡有手術刀、止血縫合鉗、傷口用夾、外科用剪、縫合針、清潔棉布、持針器、皮膚用訂書針、鑷子、剝離用刮刀等手術道具，以及壓舌板、金屬插管、拔牙用的鉗子等牙醫用器具，甚至連小刀、大小鑿子、線鋸、鐵鎚、布膠帶、橡皮軟管、老虎鉗、金屬製的挖耳勺等，也都一應俱全。

「那些全部都會用上嗎？」CoCo的聲音有些沙啞。

「妳果然還是怕死。」

MC從角落搬來了噴火槍和電鋸。

「我才不怕呢，我痛苦的回憶多得是。」

「沒錯……死並非不幸，每個人早晚都會遇上。雖然悲哀，但並非不幸。我自己現在也是個逐漸走向死亡的人。」

「死是終點對吧。所以在那之前，才得受盡折磨。」

「妳想知道嗎？」

MC從桌上取來一塊厚實的板子，塞進CoCo固定在扶手處的手掌下。CoCo白皙的手指放在板子上後，MC緩緩將鑿子抵向她的關節，就此揮動木槌，一擊而下。CoCo的手指猶如火箭般，就此與手掌脫離，畫出一道拋物線，落向地面。

CoCo發出一陣咬牙切齒的磨牙聲。

「眞厲害，你是從哪裡拿出木槌的？」

「因爲熟能生巧。出其不意，也是我的工作之一。」

「沒錯、沒錯。熟能生巧，說得一點都沒錯、一點都沒錯。」黑暗中傳來漢卜的低語。

MC從地上拾起CoCo變得微彎的食指。

「它再也無法聽妳使喚，它已永遠離開妳的身體。這些年來，妳總是隨心所欲地使用它……但今後妳已永遠失去它，『右手的食指』再也不會回到妳手上。」MC將食指抵向女子的傷口。但它因爲CoCo身體的顫抖而脫離，先滾到板子上，接著又落向地面。

「再也不能用它來摸頭髮，或是挖起奶油送進口中品嘗。還眞落寞呢……因爲它是最常用的手指。之前要是能好好替它塗指甲油就好了。」

「人生就是這樣。機會僅只一次，錯過不再。就是這麼回事，就是這麼回事。」

MC朝CoCo的傷口切面抹上透明液體，傷口瞬間凝固。

「這是建築用的黏著劑，我用來止血。說到拷問，往往都是悲鳴和怒吼、哀求和慘叫，但這種地方工廠年終面臨窘境時常有的狀況，我個人極力避免。妳接下來會慢慢『喪失』。肉體的缺損，不過是次等的現象罷了。我們所追求的，是消滅『心靈』，也可說是消滅『男女特性』或『人性』。」

「我本以爲自己已沒東西可以喪失了……可見它還眞不容易喪失呢。」

「妳現在對峙的情況，可說是已瀕臨極限。不過，就算妳的價值只有尋常人的百億萬分之一，但若是從0來看，它與一兆分之一、一千億又一萬分之一之間，仍有無限的數字存在。倘若將0與死等同視之，那麼0將會告訴妳，就算全世界的百貨公司全部聚集，也不及妳的『富足』。」

MC說完後，重新將袋子套回CoCo臉上。

「你想做什麼?」

「休息。」MC從椅子上起身離去。

漢卜從黑暗中走出，似乎想說些什麼，但MC舉起手制止了他，往工房內的小房間走去。這間約莫六張榻榻米大的房間裡，有茶碗、裝有茶點的竹筒、擺放筆記本和鋼筆的辦公桌、擺在角落的小型冰箱、躺椅、錫板、椅子的座位上放著一根吃咖哩用的湯匙。MC在工作時，時常小睡片刻。與其說是爲了消除疲勞，不如說是自我防衛。MC從小型冰箱裡取出礦泉水，一飲而盡，接著將那塊錫板架在椅子的扶手上，手握湯匙，整個人深陷在躺椅上。他調整椅背，身體仰躺，旋即一股睡意襲來。

MC以右手的中指和無名指夾著湯匙，就此沉沉入睡，不久，手指的肌肉鬆弛，湯匙會落向錫板上。MC總會因這個聲音而醒來。工作時的小睡，要的是次數，而不是時間長度。才數到三，MC便回到他腦中那個湖畔小木屋。

MC的父母精神失常。在MC的記憶中，父親從未正常地說過一句話。一天二十四小時，連在睡夢中，他的嘴也動個不停，但從未說過一句有意義的話語。就MC的儀式來說，那是像熔岩般無法碰觸的混沌，每次回溯到強迫症初期，便一定會出現這幕光景。

那是年幼時的MC，在昏暗的餐桌前像陀螺般不住轉圈的身影。某天，父親一如平時，嘴巴動個不停，念念有辭，MC來到他面前，想討他歡心，所以轉圈給父親看。一次、兩次、三次，每次轉完圈，他便將視線移向父親，確認是否正望著他。起初父親並未察覺，但後來他的目光突然停在MC身上，靜靜凝望著他，接著開始「一圈、兩圈、三圈……」地數起MC旋轉的圈數。

這是MC有生以來，父親第一次對他說話，他高興得全身顫抖。

MC停止動作問道：「爸爸！我很棒吧？」

父親沒有答話，再次恢復原本黯淡的眼神，視線移向空中，又開始喃喃自語。MC感覺到父親的注意力已轉往他處，於是又再度轉圈。這時，父親又將目光移回MC身上，再次數數。從那之後，只要MC轉圈或是跳躍，父親馬上就開始數數。

不知不覺間，MC已無法停止這樣的行爲。

也就是說，只要父親開始數數，他便一直轉圈，直到不支倒地，或是反覆跳躍，跳到腳跟紅腫。

MC也承繼了父親的毛病，平日生活中的步數、眨眼次數、公園裡的樹葉，他全都堅持要數，一旦認爲自己數錯了，便得從頭來過。他對事物的順序也異常執著。特別是上和下、物品或數字的大小，全部錙銖必較。有時大人半開玩笑，對他隨口胡說，他還會暴跳如雷，氣得昏厥。

過沒多久，MC只要一呼吸，腦中就會傳來父親數數的聲音。他被迫在呼吸時，得深吸到極限，再把氣完全吐光，因而昏迷。他頻頻訂出規則，像是數人行道上的磚塊數、數上學路上的住家共有多少扇窗戶、若沒碰觸紅色的物體，便不能轉彎等等，由於受困於這些規則，他最後連學校也去不成。

他極度怕死，非但不和名字當中有「し」（音同「死」）字的孩子玩，甚至連看都不敢看對方一眼。若是不小心看到，便得立刻進行另一種儀式來加以破除。他小學只上了三年，便不再到學校去。也曾因爲換班，來了一位新任的導師，在黑板上以平假名寫下自己的名字「しらいしよしみ」（白石吉美）後，令MC看了當場痙攣。

此外，MC一直到最近才敢用敬語。因爲敬語裡頭的「です」，音同「Death」（死亡），每次一說出口，他已死的父親便會在他耳邊低語。

母親只要看見精神不正常的男人，似乎就很興奮。父親已被數數的毛病折磨得不成人形，而母親更是以玩弄父親爲樂。只要母親說一句：「你數錯了吧？」父親便大感恐慌，甚至做出扯頭髮、咬手指的錯亂行徑。

母親對家庭、教育、養育、家人，漠不關心。

某天，被指責數錯的父親，在她面前喝下燈油，從十四樓的陽台往底下的停車場跳，腦漿迸裂，她臉上竟還掛著微笑。當時母親的笑臉美豔如花。父親從陽台上消失後，旋即傳來像是有人用力敲打後車箱的聲音。喪禮結束後，母親便失去行蹤，之後MC在孤兒院裡長大。

現在夢見的小木屋，是MC培育的第七百八十二個夢。他能繼續過現在的生活，全是託這項能力的福。他大量服下醫生開的處方藥，數度自殺未遂後，突然有了變化。他猛然察覺，自己可以有意識地選擇想要做的夢，唯獨夢永遠不會背叛他。雖然不能一次選擇許多美夢同時進行，卻能固定做同一個夢。

MC稱之爲「培育美夢」。MC也曾做過變態的夢，體驗人人都曾感興趣的酒池肉林，但如今他已習慣能給予安詳療癒的美夢。

不久，MC已將自身的同一性留在夢中。如今仍像殘渣般顯現的「簡單儀式」與「夢中的自己」，只要能讓它變得更單純，現實發生的事便不會對他的精神造成任何影響。MC耗費數年時光，對這湖畔小木屋的世界一再修飾（想法來自市面上販售的型錄、圖片集、風景畫），將美夢建構成自己理想的形態。因此，MC不像其他工作人員那樣需要酒、女人，或是毒品。

就算連續數小時，甚至連續數天，將人肢解得就像被熊啃咬過一般，但只要好好睡上一覺，他便能得到淨化。獵物的哀求和咒罵，全都藉由美夢洗淨。

「MC，你應該有什麼祕訣吧？」

因爲身心俱疲，不時得服用鎮靜劑的塔塔爾，以求助的眼神向MC詢問，但MC從未向他說明。連對鄧和塔塔爾，他也都守口如瓶。

MC準備一根竹竿，在湖心泛舟垂釣。湖面上清風徐徐。風景中央是蒼翠的山巒。不一會兒，釣線受到拉扯。手中傳來一股強勁的力道，MC興奮地轉動捲線器後，船身意外地隆起，復又下沉。他仔細一看，發現有個黑影從小船底下鑽過，往岸邊而去。

站在搖晃的小船上，MC小心翼翼地站起身，不讓自己失去平衡，而那水中的物體來到岸邊時，陡然一個迴轉，朝小船衝了過來。那團黑影和卡車同樣大小。轉眼間已逼近小船，再次從底下穿過。小船劇烈搖晃，MC差點落水。黑影提高速度往湖的另一頭而去，消失在山腳下。MC執起槳，將小船划向岸邊上陸。他望向腳下，發現泥地上有別人的腳印，而且是從湖邊筆直向小木屋後面而去。這世界出現從未有過的緊張氣氛，令MC呆立原地，不知所措。

錫板發出一聲清響。

漢卜站在椅子前，注視著錫板和上頭的湯匙。

「是達利。達利。就像達利一樣。這是達利對吧。嗯～嗯～沒錯、沒錯、沒錯。」

「哦，你很清楚嘛。」MC莞爾一笑。

的確，以掉落錫板上的湯匙當鬧鐘用，是畫家達利在工房所用的睡眠法。達利以這樣的睡眠恢復活力，也頻頻接受夢境的啓示。MC摸索工作時最有效的睡眠方式，從中得知達利的睡眠法。試過之後發現，達利式的睡眠方式果然功效卓著。

MC站起身，走回工房。

時鐘顯示，與剛才只間隔了十分鐘左右。但卻有股不尋常的疲勞感，像焦油般緊黏在MC的頭蓋骨內。難道美夢沒發揮功效？MC心想，是那黑色物體影響了美夢的能量，得加以確認才行。此事非常重要。MC心不在焉地望著那名坐在電椅上等死的女子。

揭開袋子一看，CoCo因爲袋內的熱氣，早已汗水淋漓。

「早安。」CoCo的聲音帶有一股像在做夢般的慵懶。

「丟吧。」

MC解開綁住CoCo右手的皮帶，取出一個骰子。

CoCo望著那顆交到她手上的白色立方體。

「這不是塑膠做的，是什麼材質？」

「人骨。」

「嗯～」CoCo將白色的立方體湊向鼻端，嗅了幾下後，拋向空中。

骰子發出一聲清響，從椅腳滾向光與暗的交界處。

「兩點。妳運氣眞好。」

MC拾起它，讓CoCo看那兩個斜向排列的黑點。

「之前有個人擲出六點，馬上就瘋了。」MC從口袋裡取出另一顆骰子，遞給CoCo。

「有兩顆骰子，接下來是玩眞的。」

CoCo接過那兩個人骨碎片，隨手擲出。落向椅腳下的骰子是三點。MC追向另一顆滾向黑暗中的骰子，持手電筒照向地面。「六，」MC如此說道，熄去手電筒。「很遺憾，一共是九點。」MC拾起椅子下的骰子。

「妳得做個決定。一根手指只算一點，耳朵或鼻子算兩點，內臟的點數較高，但還沒到那個時候。妳打算怎麼支付這九點？」

CoCo注視著被切斷的右手食指傷口，指根的部位已經發黑。

「好怪的骰子遊戲。如果我用手指來支付，將會一根不剩。可以用腳來支付嗎？」

「這樣妳將再也無法替腳趾甲塗指甲油，也沒辦法穿夾腳鞋，更不能自在地行走。」

「我還有機會走路嗎？」

「……我明白妳的意思了。」

MC從桌下的箱子裡取來園藝剪，將一塊木條架在CoCo腳下，以刀刃夾住她的腳趾。

「等一下。」

MC抬起臉。

「剪斷和折斷有什麼差異？」

「妳這個人眞有意思，從來沒人問過這種問題。」

「那就混著處理吧。五根折斷，四根剪斷。」

「要留下五根是吧。」MC頷首。

接著花了約十分鐘的時間，MC剪斷CoCo的左腳趾，只剩下大拇趾。厚實的刀刃夾住腳趾，割破表皮，將肌肉和肌腱連同神經一同剪斷，CoCo發出歌唱般的尖叫，小趾、中趾、無名趾各叫了兩次，一共六次。當MC著手處理食趾時，CoCo閉著眼睛發出一聲呻吟。

左腳處理完後，CoCo以充血的雙眼凝望散落一地的腳趾。

「再見了。你們打從在娘胎裡，便一路陪伴著我……」

接著MC取來一根鐵鎚，將一塊厚實的鐵板墊在CoCo右腳下。

「與其說折斷，不如說是打碎，這也是沒辦法的事。下次我再製造這樣的裝置吧。我會替它命名爲『CoCo』。」

CoCo並不答話。

鐵鎚疾揮而下，發出骨肉碎裂的聲響。小指被敲碎，彎成近乎直角的形狀。待一切完成後，腳趾刺出的骨頭與脫落的表皮，各自朝向不同的方向，活像一盤染血的蛤貝。CoCo咳個不停，嘔出腹中的胃液，病人袍染成黑色。她的身體每搖晃一下，宛如空手套般的腳尖便會隨著跳動。

「折斷反而還比較痛。」CoCo責難似地低語道。

「好像眞是這樣，下次得將折斷改爲『兩點』才行。」

CoCo微微「啊」了一聲，望著MC發笑。MC伸手摸向額頭，有一塊鱗片狀的紅色碎片。是CoCo的腳趾甲。MC將它取下，棄置一旁。

「你很鍾愛那艘小船對吧？」CoCo低著頭道。

「妳在說什麼？」MC霍然起身。

「咦？什麼？我什麼也沒說啊。」CoCo神色迷茫地抬起頭。

「妳剛才提到小船的事。」

「我沒說啊。因爲你突然擺出可怕的表情，我就沒再說話了……那棟小木屋就快要燒個精光了。」CoCo口中發出男人的聲音。

「漢卜！」MC大叫。

黑暗中傳來一陣像冒泡般的喃喃低語聲，同時浮現夢露的臉龐。

「這位小姐似乎很有精神。幫她腳趾止血，用噴火槍。」

「小木屋就快要燒個精光了，」那詭異的聲音一直攪亂MC的心湖。「小木屋就快要燒個精光了，」MC啃咬指甲。「小木屋就快要燒個精光了，」MC突然感到燥熱，他來回踱步，鬆開領帶。

儘管CoCo的目光正往他身上打量，但MC不予理會，他回到休息室，拾起湯匙，躺在椅子上。

小木屋並不像CoCo說的那樣，有任何異常。不過，小船底部卻有像是挖鑿出的圓洞……一處、兩處，一共有九處，船身有一半已沉入湖水中。MC感到一陣寒意在全身遊走。定睛一看，山頂的瑞雪增加不少。周遭森林的樹木，顏色變得模糊。太陽依舊普照大地，但在這一年四季如春的場所，卻以奇妙的形式呈現出秋冬將至的景象。驀地傳來一聲巨響，小木屋的大門關閉。MC走向大門，轉動門把。從縫隙處看見一道黑影。這扇沒有鎖的大門文風不動，無法開啓。

「開門！」MC大叫。他朝大門揮拳，打得皮開肉綻，鮮血直流。

這時，天空突然傳來巨響。接著，藍天發出擊鼓般的爆裂聲，音壓壓迫著鼓膜。轉頭一看，門已開啓。屋內擺有沙發、餐桌、碗櫃。那東西出現在寢室裡，一個從頭到腳都罩著黑布的人，坐在床上。那是從地底鑽出的黑影。

「你是誰？」

對方並未答話，緩緩背過身去。

MC手裡握著魚叉，朝床上的那個東西刺去，沒有刺中的感覺。黑布猶似洩了氣的氣球，就此垂落，裡頭空無一物。

「出手可真狠……我們不是很久沒見了嗎？」
那東西理應化爲空殼，就此消失，但卻從床鋪對面傳來一陣沙啞的聲音。
一張「臉」掉在木板地上。
「大家都在等你呢，真的哦。」與慶典用的面具同樣大小的那張「臉」，正開口說話。雖然那張「臉」像地層般布滿奇怪的皺紋，但確實是MC的母親。母親看起來活像是從地面上的圓洞探出臉來，讓人聯想到在觀光景點讓人拍照留念的繪圖看板。
「看你過得挺好的。之前我一直很擔心，不知道你是否一切正常。因為你生性怯懦……遺傳到你父親。」
MC默而不答，持魚叉刺下，發出一聲悶響，魚叉前端從臉頰深深刺進唇內。柔軟的皮肉變得扭曲，眼球受到壓迫，翻成白眼，但那張「臉」似乎不痛不癢，還是繼續說個不停。裡頭冒出凹凸不平的紅肉，好似遭人胡亂啃食後的西瓜，纖維狀的物體像冰柱般垂吊著，而且還持續跳動。
「好歹該問候一聲吧！臭小子！」「臉」如此咆哮，接著開始放聲大笑。
MC捧著那張臉，連同插在上頭的魚叉，一同拋進湖裡。
「你做事可真溫吞。什麼也不會，只會拖拖拉拉，你該看看麥克・安迪的《默默》。還是你想和媽媽在稻草堆上打滾？稻草堆上滾呀滾～稻草堆上滾呀滾。因為你以前真的很喜歡在稻草堆上打滾。」
「臉」繼續說個沒完，緩緩被湖水吞沒，消失無蹤。

「怎麼會有這種事……」

MC被自己的聲音喚醒，湯匙還夾在他的指間，全身被冷汗濕透。他站起身，一臉心神不寧的模樣，完全不像剛睡醒。他從窗戶窺望診療室，發現漢卜還在用瓦斯噴槍燒灼CoCo的腳趾。可見自己坐在椅子上還不到十分鐘。他猛然想到燒肉店，過了一會兒他才發現，因爲CoCo腳趾燒焦的氣味微微傳送過來，才讓他產生這樣的聯想。美夢開始被污染了。MC察覺，儘管CoCo的腳趾正接受噴火槍的燒炙，痛苦地扭動身軀，但卻一直望著他。CoCo那張痛苦扭曲的臉，不想錯過MC的任何表情。

「只能向她問個清楚了。」MC自言自語道。

「那艘船已經不能用了，可惜了一艘好船，枉費船身還刻有美麗的花紋。眞是遺憾，太令人惋惜了。」

「你在說什麼？」

CoCo皺著眉頭，抬頭望向腳尖冒起的白煙。她的身體微微顫抖，因爲已開始出現輕微的休克症狀。

漢卜出現，替CoCo打了一針，接著又離開。

她的腳尖焦黑，猶如穿了一雙黑色拖鞋。空中瀰漫著一股烤肉特有的油膩氣味，聞久了，甚至讓人覺得應該稱之爲戰場的氣味、火葬場的臭味。

MC注視著CoCo的眼瞳。儘管因汗水和眼淚而布滿血絲，卻不顯一絲憎恨。

「之前我問妳『妳來這裡爲的是什麼』，妳回答……浪漫對吧？」

CoCo沉默不語。

「妳很古怪哦，CoCo。浪漫。這裡是最不浪漫的地方。」

MC簡短地向漢卜下達指示。不久，漢卜運來一面比他還大的鏡子，零亂地向四周折射光線。

「CoCo……妳身上哪裡變浪漫了？」

MC一直靜靜等候CoCo將視線移向鏡中的自己。

「現在妳的肉體和心靈一樣，正逐漸化為廢墟。如此骯髒污濁的東西，會有浪漫降臨嗎？妳的容貌醜陋僵硬，神情恍惚；妳的雙腳焦黑腫脹，猶如難以下嚥的獸肉。接下來將斬去妳的手指、奪走妳的眼珠、削去鼻子、割掉耳朵、拔除頭髮、劃破乳房。這樣妳的浪漫還會停步多看妳一眼嗎？不，不可能。因為它們心知肚明，醜陋的人有醜陋的原因，愚昧的人有愚昧的原因，貧窮的人有貧窮的原因，無從抗拒。希望、夢想、愛、信賴、友情，它們不會對我們這樣的人多看一眼。它們就像一攤水，總是從我們頭頂飛躍。」

「你都沒提到小船的事。挑人毛病也是你的工作嗎？」CoCo以傷心的口吻說道。

「少跟我打哈哈。還是說，肉體的影響已顯現在妳的精神上？」

「真正脆弱的人是你吧？瞧你剛才衝進房間時，那臉色大變的模樣，我可從來沒有過哦。難不成你媽在裡頭等你？」CoCo的聲音融入黑暗中。

MC臉泛潮紅。

「妳的意思是……要我拿出該有的樣子是吧。原來如此，妳也開始慢慢展現出妓女的味道了。要我像妳一樣，『展現出刑吏應有的樣子』。雖然我無法像妳的恩客那般卑劣，但身爲一名恐懼和痛苦的製造者，我自認無人能及。」

MC執起木槌，繞到CoCo身旁，悄聲說了一句「妳看好了」，將木槌朝她右臂中央揮落。雖然聲音不大，但踩碎枯枝的聲音始終在耳畔迴盪。「下一個！」MC繞到另一側，將手指放在CoCo纖細的左臂中央，像在丈量般，緊接著掄起木槌疾揮而下，毫不遲疑。這次傳來清脆的聲響。

「害怕嗎？只要多用點力，骨折聲就能發出不同的音階。此外，愈是重要的骨頭，發出的聲音愈難聽。」

「如果只是骨折的話，有些客人也曾經對我做過，我已經不是第一次了。」CoCo一面喘息一面呻吟，似乎相當痛苦。「少跟我擺架子。」

「CoCo，妳相當欠缺想像力，令人同情。想像力是由什麼培育而成呢？答案是知識和智慧。這正是妳所欠缺的。知識是理解狀況的眼睛，由智慧來加以整合判斷。當母親發現自己走失的孩子位在放下柵欄的平交道對面時，之所以不會出聲叫喚，是因爲知識判斷出周遭狀況以及孩子的成熟度，智慧想像出此刻開口叫喚可能會造成的結果。至於在列車即將通過前，告訴那名哭著找媽媽的幼子，『那位是你媽媽嗎？』伸手指出其母親藏身的位置，這種行爲是無知，欠缺想像力。如果是基於好奇心才這麼做，那倒是另當別論。」

「你會做這種事嗎？」

「我拒絕回答，現在談論的是妳。CoCo，你雙手的肱骨都已碎裂。要怎麼做才能支撐妳的上半身，妳可曾想過？」

CoCo每次一放鬆，骨頭的前端便會在手臂內攪動，痛得令她皺眉。

「只要妳坐著，雙腳便無法支撐上身。若不靠這一根脊椎來支撐全身一半的體重，骨頭前端就會在妳的體內不斷破壞。」

CoCo的手肘和肩膀中央的部位已開始腫脹，轉為紅黑色，MC伸手緩緩撫摸，就像在確認患部般，接著他以手指按壓揉動。

CoCo發出咬牙切齒的磨牙聲。

「狀況非常好，正確無誤。要造成這種角度的骨折非常困難。待會兒我可以取出來讓妳瞧瞧，要是平行骨折就沒這種效果了。骨頭得像槍尖一樣，盡可能斜向破碎，這樣才正確。但如果前端過於銳利，又會輕易地刺破手臂。拿捏角度與破壞力非常重要。情況或許不是妳所能想像……」

低頭不語的CoCo聽了MC這番話，開始微微顫抖。

「看來，妳壓抑恐懼的蓋子已開始掀開了。」

「我在夢裡看過。」CoCo笑道。「我清楚記得這個場面，所以我一點都不怕。」

MC現在最不想聽到「夢」這個字。一股強烈的感覺湧上心頭，彷彿被留在船底破洞的小船上。

「妳可真頑強。這麼一來，我非得全力以赴不可了。十八般武藝全部施展。那麼，接下來會怎樣呢？妳的夢有事先告知妳嗎？」

「我只要說一句話，就能讓你崩潰。」

「什麼？」周遭的景物在黑暗中搖晃。「妳說什麼？」

「我也不知道爲什麼，是夢告訴我的。」

CoCo的臉上充滿自信。

「什麼樣的一句話？」

「在夢裡，你也是這樣問我。接著我就回答『不知道，你去問塔塔爾吧』。所以現在我也要這樣回答你。不知道，你去問塔塔爾吧……」

MC的背後和兩側，有許多看不見的蜘蛛四處亂爬。

「漢卜！拿袋子過來。」

MC一聲令下，漢卜拎來一個黑色行李袋。MC從裡頭取出一支像小指般粗的釘子。

「漢卜，你抓住這女孩的腳。」

「哇，厲害、厲害、厲害。這個痛、這個痛、這個痛。」

漢卜朝CoCo腳下蹲下身，將她發黑腫脹的腳踝面向MC。

MC換手握好釘子，抵向CoCo斷趾的切面，先是輕輕刺入，接著則是用木槌打進裡頭。CoCo猶如電流貫身，身子彈跳而起，接著全身僵直。木槌一再敲打，不久，釘子前端像鼴鼠般從腳背上冒出頭來，MC這才住手。「下一個，」MC如此說道，將釘子刺進下一根趾頭裡。那五處被剪斷的腳趾切面，全都打進了釘子。CoCo的腳立即長出了鐵爪。

MC拿起小型的噴火槍，點燃了火，將呼號的火焰調成藍色，燒的不是CoCo的腳趾，而是那些突出的釘子。釘子前端馬上轉爲赤紅。

耳邊傳來一陣像是老舊木門被人強行撬開的聲音。聲音是從CoCo的口中流瀉，此刻的她像夢魘般雙目圓睜，注視著MC的動作。她的腰部左右擺動，多次想要深呼吸，但每次來到喉頭就嗆著，手臂皮膚下斷折的骨頭，像野狗般四處鑽動。

「咿咿咿咿咿咿。」

CoCo發出詭異的聲音。

「她笑了、她笑了、她笑了。沒錯、沒錯、沒錯……是該笑，愈痛苦愈應該笑。沒錯、沒錯、沒錯。就是這樣、就是這樣。用笑來敷衍。總會有辦法的。人生太過無趣，所以就得這樣、就得這樣、就得這樣。」

「妳太瞧不起夢了。雖然不知道妳被帶來這裡之前聽到什麼風聲，不過，我個人甘願爲夢殉身。妳的發言，是對夢的一種侮辱，不可饒恕。」

「MC，你什麼都不懂。」CoCo浮現哭笑難分的扭曲表情，如此低語道。「你什麼也不懂。」

「終於錯亂了是吧。」MC莞爾道。

「你一共揮動木槌二十四下，這樣與數字不合吧……」

「……妳到底想說什麼？」

MC極力掩飾那股擊向心窩的衝擊，將瓦斯噴槍擱下，拿起放在一旁的木槌。雙手顫抖。

「MC，這樣眞的可以嗎？整整二十四下耶。這樣眞的好嗎？你能接受嗎？難道你眞的無所謂？這樣你能接受？」

MC揮動木槌，從漢卜的臉部擦過，揮了兩下，燒得赤紅的釘子打進體內。火烤後的肉汁連同鮮血一起飛散，在釘子上蒸發。漢卜吸入這陣白煙，咳嗽不止。

「這樣如何？二十六下。正好是兩倍。」

彷彿有小蟲鑽進皮膚裡似地，MC顯得有些慌亂。

「原來如此……還不夠是吧。」

MC不容分說，又釘了十三下。兩根釘子在腳背上相互撞擊，以奇怪的形狀從腳骨穿透而出。

CoCo朗聲大笑，久久未歇。

「MC，爲什麼我非得告訴你正確的數字不可？爲什麼你不認爲我說的二十四下是瞎掰的呢？也許因爲你多敲了那兩下，原本剛好的數字就這麼泡湯了。還有，你從開始動工後，走了八百六十二步。不過，這是眞的嗎？你伸手摸下巴十三次。這也是眞的嗎？我全都知道。我坐在這裡，每件事全數過了，一切都記在我腦子裡。你總沒辦法從我腦子裡取出答案吧，MC。」

「是誰告訴妳這些事的……是井佐對吧？」MC咬牙切齒地問道。

「讓我來告訴你吧。你過來。」MC將耳朵湊向CoCo耳邊。「是媽媽。」

MC從背後感覺得到漢卜的震驚。

「CoCo……妳剛才說，我沒辦法從腦子裡取出答案？」MC的語調突然變得很平淡，不帶一絲情感。「妳是這樣說沒錯吧？妳愈是悲傷，愈缺乏想像力。我想要的東西，一定會弄到手。來這裡的人，都沒辦法從我這裡奪走什麼，或是有所隱瞞。妳也一樣。妳以爲我已經使出全力了嗎？還沒呢，妳現在不過是品嘗了我這套大餐的餐前酒而已。我會證明給妳看。」

MC繞到CoCo背後，以安裝在椅背上的皮帶繞過CoCo下巴，緊緊勒住。CoCo臉部微微上抬，形成後仰的姿勢。

「這麼一來，就能支撐妳的上身了。有沒有覺得比較輕鬆啊？」

MC像在撫慰CoCo般，輕拍她的前額，接著從桌上拿來一根金屬插管。

「妳知道頭蓋骨裡有個空洞嗎？」

「不知道。」CoCo咬緊牙關，從齒縫間如此回答，雙眼凝睇那根折射光線的金屬管。

「在這裡。名叫副鼻腔。因爲容易蓄膿，必須用生理食鹽水洗淨。」

MC的手指在CoCo那宛如仙人掌般布滿溝渠的臉上游移，按住眉間與鼻梁兩側。

「鼻子裡頭有蝶骨孔洞，非常美的名字。」

MC舉起手中那根直徑不到一公分粗的金屬插管。

「這是金屬插管，它會破壞鼻腔內的骨膜。」

MC碰觸插管下方後，內側又出現一根細管。

「這叫套管針，能藉由金屬插管的引導，破壞內壁的肌肉。」

「哇，好殘忍、好殘忍、好殘忍。殘酷、殘酷。竟然有這種東西。」

MC用皮帶將CoCo的臉固定住，確認牢固後，緩緩朝她右鼻孔插入金屬插管。

CoCo的悲鳴聲，從咬緊牙關的齒縫間流瀉，鼻血直流。

「妳是從誰那裡聽來的？」管子插了三公分深，MC就此停手。「不，我要問的是，我究竟敲了釘子幾下？妳說的是正確的數字吧？一共二十四次，沒錯吧？」

「你錯了。」

CoCo冒出豆大的汗珠，雙唇噘起，朝MC臉上吐了口唾沫。

管子又插入些許，深得令人吃驚，鼻血滿溢而出。

「很想以死來解脫對嗎？可是CoCo，妳這樣是死不了的。只要用古柯鹼進行全身麻醉的話，這也算是醫院裡常用的一種技術。裡頭三個突出的堅硬皺褶底下，是頭蓋骨中最薄的部位，我接下來會刺破那個地方。」

MC將金屬插管又往內插深些許。CoCo的頭顱內發出剝除蟹殼般的聲音，她的左眼球往上跑，就像要由體內望向頭蓋骨般，左眼翻成了白眼。同一時間，MC身體下的CoCo已開始痙攣。

「快從實招來。我到底敲了幾下？一共走了幾步？快說。」

MC握著金屬插管，粗魯地進進出出。CoCo唇角冒出血泡，身體像被釣離水面的魚兒，不斷躍動，在這股反作用力下，斷折的骨頭那狀似芹菜的前端，刺破右臂皮膚整個外露，上頭沾滿了血。

「咿咿咿咿咿咿啊啊啊啊。」CoCo的慘叫聲在室內迴盪。

MC拔出左鼻孔內的金屬插管，改插進另一側。

「快說，正確答案到底是什麼？」

CoCo喘息不止，兩眼翻白。

MC使勁插入管子，在鼻孔內粗魯地攪動一會兒後，復又拔出。管子前端黏著許多肉片，活像是鮪魚中的骨肉。CoCo突然喉頭咕嚕作響，嘔吐外加失禁，此乃休克症狀。現在還不能殺了她，因爲MC還沒問出答案。

「漢卜！古柯鹼溶液。」

漢卜從黑暗中衝出，掀起CoCo的眼皮，確認她的意識狀況。

「啊，她的昏迷指數攀升許多。可能高達二百⑫吧，不妙啊。」

漢卜如此低語，在CoCo臉上四處亂舔。

「好鮮美的血啊。好鮮美的血啊。」

「不過是昏睡或淺昏迷狀態而已，不必慌。就這麼點程度，你如果無法讓她甦醒，就捲鋪蓋走路吧。」

MC拋下他們兩人，自己走回休息室。他感到疲憊不堪。「儀式」失敗時，總會出現討

⑫註：這是採Japan Coma Scale的昏迷指數算法。

厭的「懊悔感」，此刻它正開始膨脹。

腦袋就像長膿般，感覺微微發腫。MC碰觸門把時，發現腳下淹水。然而，此時的MC已沒精力去注意腳下的情形，一個不留神，就此失足跌倒。

是湖。他熟悉的橡木餐桌、燻烤箱，以及腳下的沙粒，全都黝黑濡濕。他轉頭一看，自己夢中的小木屋就矗立眼前。他將上頭附著有CoCo鼻肉的插管丟向一旁，走進家中。裡頭一切如昔。他還朝之前那張「臉」出現的寢室內窺望，床同樣擺在原本的位置，空氣中瀰漫著木頭的香氣，絢麗的陽光照耀室內。

「……如果折中來看，我猜她今年二十五歲……」

一陣聲音響起。MC站起身，感到頭暈目眩。

「那女孩也是個不該誕生在這世上的人，每天都充當那些齷齪男人的玩具，盡做些低俗的事……或是遭受低俗的對待。呵呵呵。」

「妳在哪裡？」

MC掀開床上的棉被，發現雪白的床單在滲血，轉眼間形成一個縮著身子睡覺的紅色人形。

「浪漫？那女孩竟然對你說浪漫？呵呵呵。」

MC將床鋪整個翻面。沒發現那張「臉」。MC步出寢室，爲了找尋「臉」，放眼所及的架子、抽屜、衣櫃，全部被他打開，翻出裡頭的東西。

「就算你沒那麼做，那女孩早晚也會死。她的身體就像完全被白蟻霸占築窩一樣。光是輕輕一推，整個人便會坍塌崩解……就像是集性病和各種疑難雜症於一身的百貨店。她已不久於人世，所以才來找你。」

MC扯壞廚房的架子，推倒冰箱。

「因為那女孩和她賣淫的母親一樣是個傻瓜。自從知道自己不久於人世後，便下定決心，要追求浪漫。真傻。賣淫……嘻嘻嘻嘻。」

MC來到門廊後，拚命往四周環視。

「那女兒並不壞，真正壞的人是你。你不是沒數嗎？如果塔塔爾在，他也會生氣。他會罵你是個馬虎的傢伙……是個雜碎。」

小船幾乎完全沉入水中。傳來一陣地鳴，抬頭一看，山巒起了變化。才剛覺得山頂怎麼突然長高變得突尖，轉眼它又變得平坦，接著又再度隆起。驀地傳來不該有的掛鐘滴答聲響。

MC拿起之前拋下的鏟子，回到家中。抬頭一看，眼前出現一根從沒見過的老舊柱子，上頭掛著一個以前家中用過的老舊鐘擺。

「臉」就嵌在鐘盤上。

「物與類聚，雖不知道她是在哪裡得到線索，但那女孩最後還是找到了自己的父親。而她父親所從事的工作，就是將活人變成碎屑。」

「胡說八道……我又沒孩子。」MC的聲音在顫抖。

「呵呵呵，或許吧。你花錢買春的對象，不可能每個都記得住吧。不過，真是這樣嗎？

搞不好當中有人懷了你的孩子，你也不知道。她是個瘋子，你也是瘋子，兩個臭味相投的人會做出什麼事來，沒人知道。而這位承繼你的血脈和生活態度的女孩，某天突然得知自己的壽命會比蟬還短暫，於是她下定主意。『沒錯，我早晚都會下地獄，但我希望能留下美好的回憶，就像護身符一樣，能讓我覺得活在世上真好……』簡直就像漫畫一樣。就像《花與夢》以及《瑪格麗特》[13]。」

「少在那裡鬼扯。」

「我確實是鬼扯，這個世界本身就是鬼扯，所以一切當然都是鬼扯。不過，你就活在這樣的鬼扯中。你只要心裡想，她才不是我女兒呢，這樣不就得了？你大可抬頭挺胸地告訴塔塔爾，我確實敲了二十六下。也可以認定CoCo不是專程來這裡見你的女兒，不是嗎？」

「臉」笑了。

MC放聲怒吼，將小鏟子擊向鐘盤。鏟子的邊刃刺進臉部中央。臉哀嚎一聲，斷成兩半，掉落地上。MC朝它使勁踐踏，直到它面目全非才罷手，最後它成了地上的污漬。這時，耳邊傳來沙子落下的沙沙聲。他抬頭往掛鐘望去，只見鐘盤上的數字剝落，掉落地面。鐘盤嚴重扭曲變形，圓形排列的數字逐一飄向地面。掛鐘墜落，鐘聲大作，一下……兩下……三下……不久，時鐘開始扭曲變形，緩緩融解。但鐘聲還是持續響亮地鳴響，聲音彷彿火山爆發的隆隆聲。融解的時鐘在地上流動，從MC腳下流向玄關。MC往外飛奔而去。

「鄧以看好戲的心態接受了她的請求，他料想這可作為解開你謎團的線索。不過，她不能叫你爸爸……這是鄧開出的條件。他們達成協定，如果她說出自己是你女兒，便會殺了你。她發誓會默默讓自己的父親在身上劃下每一刀。」

「臉」的聲音在MC耳畔低語。

「住口！」MC朝空中大喊。

融解的時鐘已流向湖裡。這時，湖水突然變成銀色，化為一面巨大的鏡子。

時鐘響了二十四下，突然停止。

巨大的沉默籠罩整個世界。

剎那間，響起一聲震耳欲聾的龜裂聲，如鏡的湖面出現一道道裂縫，猶如無數張蜘蛛網，某個東西像火山爆發般隆起，露出一顆黑森森的巨大頭顱。是CoCo。像銀行般巨大的CoCo只露出半邊臉，雙眼微睜，空洞無神。

「太好了……終於見面了，願望終於達成了。」響起「臉」的聲音。

CoCo就快死了。

MC放聲大叫。

MC就像觸電般扭動身軀，醒來後發現自己躺在休息室的地板上。身上有擦傷，桌子翻到，椅背斷裂。

這時，工房傳來一聲慘叫。漢卜整個人壓在CoCo身上。

MC從休息室飛奔而出，一把將親吻CoCo的漢卜拉了下來。

⑬註：兩者都是日本的少女漫畫雜誌。

臉色慘白的CoCo，嘴唇被咬破。
漢卜的唾液拉出長長的絲線，在燈光下閃閃生輝。
MC二話不說，狠狠痛毆了漢卜一頓。
「不是的、不是的……我是在做人工呼吸、人工呼吸。」
漢卜如此解釋，MC仍舊拳如雨下，不肯停手，爲了避開他的拳頭，漢卜蹲在地上縮成一團。
CoCo的右頸動脈被切斷，鮮血濕透了病人袍，流向地面。
「你這傢伙！」
漢卜全身蜷縮，MC揚腳踢向他的肋骨、髖骨，以及脊椎。
「不是我。她是自殺、是自殺。她手裡握著鏡子的碎片。不可思議、不可思議。自殺、自殺。可是，我認爲這樣也好……對不起、對不起、對不起。是我不對、是我不對、是我不對。」漢卜高舉著手，不斷揮舞。
MC朝他的太陽穴一腳踢去。
只聽見一聲悶響，漢卜滾向黑暗中，就此不再動彈。
「CoCo……妳聽得見嗎？」CoCo短暫恢復的意識又即將遠去，MC撐起她的頭。「那是眞的嗎？」CoCo的雙眼像是望著MC，但旋即又翻白眼，陷入昏迷。「CoCo……我失去了夢。那已不重要。那件事是眞的嗎？妳是……」
這時，CoCo虛弱地抬起手臂，她的食指已被切斷，改豎起旁邊的中指，抵向MC的嘴唇。CoCo雙唇輕啓，聲音沙啞模糊，得將耳朵湊近才聽得見。

「我這種生活方式……一切都是出於無奈，因爲我只能以這種方式過活，很無奈吧。你應該會原諒我吧？我很討厭這樣的工作……爲此，我還殺了媽媽。但最後，我卻又重操舊業……這麼一來，我實在不懂媽媽究竟是爲何而死。我已墮落成一個懦弱、骯髒、卑鄙的生物。」CoCo的淚水順著她龜裂的臉頰滑落。「可是，在我人生最後的時刻，我留下了唯一的浪漫。」

「我……」

「這是沒辦法的事，MC，你同樣也只能以這種方式過活。雖然討厭，卻無力改變。」CoCo說到這裡，開始痙攣。「大家都一樣。沒人自願當一個廢人。唉，我好累。MC，聊聊你的夢吧……拜託。」

MC簡短說出他的湖畔生活。

「原來是夢在守護著你……我要是也和你一樣就好了，眞想去看看你的小木屋。」

「我會再重建的……我會再重建的。」

「原來是這麼回事。」

黑暗中傳來一個粗大的嗓音。

MC抬頭一看，漢卜已站起身，手中握著刀子。

「哦，你可別過來哦，我已經送你一顆眼珠了。雖說是鄧的命令，但我可不想再奉陪了。」

「好了，MC。OK了。」

在漢卜說話的同時，工房的大門開啓，井佐走了進來。

「這是怎麼回事，井佐。」

「這傢伙是招了呢，還是守住了承諾？」

井佐輕拍漢卜的肩膀。

「算是遵守了承諾。」

漢卜一面報告，一面緊盯著MC，不敢鬆懈。

井佐面向MC，搔著頭，一副難以啓齒的模樣。

「MC，你別見怪。一切都是塔塔爾的事所造成，鄧似乎很想知道你的祕密。你平時就已被強迫觀念束縛，爲什麼有辦法承受？鄧可不是那種放著謎題不管的好好先生。」

「所以才找我來。」漢卜舉起手。「我演得很棒吧？你因爲這樣而解除了戒心，被我一擊打中要害。這就叫鬥智、鬥智。」

「鄧猜想，你的祕密就在於你工作時的睡眠，所以才讓漢卜參加，從旁觀察。除了助手外，你不讓任何人進入工房。連安裝隱藏攝影機都有困難。我們這也算是苦肉計。」

「我眞想讓你們坐上那張電椅。」

「好了啦……別這樣橫眉豎目嘛。他也投資了不少。你打算怎麼補償他的眼睛？還有，爲什麼你之前一直不說？明明只是很簡單的一件事啊！」

「你以為我說出來，你們就信嗎？只會讓你們更加懷疑罷了。」ＭＣ無力地低語道。

「啊，她死了。」漢卜觀察CoCo的情況，如此說道。

CoCo已香消玉殞，雙眼凝望空中。

「話說回來，這張臉可眞慘。她是ＳＭ的專家。那些有人體改造妄想，連法爾基・穆撒法⑭都會嚇得落荒而逃的檢察官、議員，百般玩弄她的身體。她能一直活到現在，四肢健全，已經很不簡單了。」井佐以不屑的口吻說道。

「嘩，眞是堅固耐操啊。」

漢卜伸舌舔舐剛才與CoCo接吻的嘴唇。

井佐比了個手勢，馬上進來幾名男子，解開CoCo的束縛，將她拋向藍色的塑膠布上，就此丟進位於屋內角落的浴缸裡。

CoCo的臉撞向浴缸外緣，發出一聲巨響。

男子們各自開啓電鋸的開關，開始利落地處理CoCo的遺體。

「ＭＣ，我發現一家店，他們的人參雞湯是用烏骨雞熬煮而成，待會一起去吃吧？」

井佐點了根薄荷菸。

ＭＣ虛弱無力地搖了搖頭。CoCo的人頭掉進浴缸內，就此消失。

⑭註：Fakir Musafar，知名的ＳＭ愛好者。

整整二十六個小時後，已失去一切的MC決定要活下去，他以家中挖葡萄柚的湯匙刨出雙眼，丟進超商的袋子裡。之前他走出工房時，腦中一直想著要如何讓自己悲慘地死去，他想體驗最殘酷的死法，和CoCo一樣對自己的人生「重新設定」。爲了做死前最後一次的確認，他進入夢中。

夢境起了變化。在夢中，MC站在工房裡。井佐向他介紹漢卜，大門開啓，CoCo被人送了進來。他開始動工。一舉手一投足完全重現。

MC剪斷CoCo的手指，折斷她的手臂，刨挖她的腦袋。來到這一幕後，便又回到開頭。諷刺的是，MC做夢的相關能力，有一半仍舊健在。拷問CoCo的噩夢，和小木屋一樣固定不變。若要說有什麼不同，應該就是MC已無法切換至其他夢境。

MC是拷問的專家。當他從那令人作嘔的恐怖夢境中醒來時，原本想讓承受這一切恐懼與痛苦的自己從這世上消失的念頭，已從他腦中抹除。如今面對那夜夜造訪、意義截然不同的拷問噩夢，他決定接受它的折磨，在往後漫長的人生中隨著噩夢一起腐朽，這才是對CoCo的「贖罪」。之所以刨出眼珠，也是爲了讓黑夜更長，噩夢更容易造訪。

MC告訴井佐，他已不能再做這項工作。

「這樣會惹禍上身哦，MC。這不是明智之舉。」井佐嘆了口氣，冷冷地說道。

「這是我個人對女兒表達誠意的方式。」

「女兒？這什麼意思？」

井佐叨絮不休地在電話另一頭大吼，MC不予理會，逕自掛上電話。

MC失明後不分晝夜，頻頻做夢。每次MC總會大叫。夢境殘留的些微效用，回答了他之前心中的疑問。果然是二十四下。CoCo沒騙我。但夢中的MC情緒激昂，以更殘忍的方式折磨著CoCo。就像現實情景般生動逼真。

MC清醒時，總會動手畫小木屋的圖畫。雖然眼睛看不見，但他覺得自己現在畫得更好了。

總有一天，鄧的手下會前來帶走他，收拾他的性命，在那之前，他決定繼續接受噩夢的折磨，並從容地等待CoCo飄然來到他的圖畫中。

世界橫麥卡托投影地圖的獨白/ 平山夢明著；
高詹燦譯.
-- 初版. -- 臺北市：小異出版：
大塊文化發行, 2009.08
面； 公分. -- (SM ; 8)
譯自：独白するユニバーサル横メルカトル
ISBN 978-986-84569-6-9(平裝)

861.57 98010854

Trans+

Trans+

Trans+

Trans+